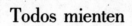

Todos mienten

Todos mienten

Soledad Puértolas

Todos mienten

EDITORIAL ANAGRAMA
BARCELONA

Diseño de la colección:
Julio Vivas
Ilustración: «Fleur-de-Lis», Robert Reid, 1899, Metropolitan Museum
    of Art, Nueva York

Primera edición en «Narrativas hispánicas»: marzo 1988
Primera edición en «Compactos»: mayo 1993
Segunda edición en «Compactos»: junio 1994
Tercera edición en «Compactos»: abril 1997
Cuarta edición en «Compactos»: enero 2001

© EDITORIAL ANAGRAMA, S.A., 1993
    Pedró de la Creu, 58
    08034 Barcelona

ISBN: 84-339-2076-6
Depósito Legal: B. 1420-2001

Printed in Spain

Liberduplex, S.L., Constitució, 19, 08014 Barcelona

A Diego y Gustavo Pita

Mi casa estaba llena de mujeres. Entraban en casa haciendo mucho ruido, iban muy pintadas y extravagantemente vestidas, olían a intenso perfume barato y hablaban muy alto y en tono superficial de las cosas importantes de la vida.

Para mi hermano Federico y para mí aquellas mujeres escandalosas suponían una contrapartida alegre y consoladora a los suspiros atormentados de nuestra madre. Desde la muerte de mi padre, de la que nosotros apenas habíamos sido conscientes, vivía así, quejándose y rodeada de amigas. Todas ellas, como ellos, mis padres, pertenecían o habían pertenecido al ambiente del teatro. Nuestra madre, cuando yo nací, dejó la escena, pero se mantuvo cerca de ella porque era la única forma que tenía de vivir.

De nuestro padre teníamos confusos recuerdos. Pasaba mucho tiempo fuera de casa e intuíamos que el lugar al que acudía era estupendo. Era escritor, pero no recuerdo haberlo visto escribir en casa ni mi madre dijo nunca que lo hiciera. Escribía en el café, donde también hablaba y se reunía con sus amigos. En casa, con nosotros, era imposible escribir y él tenía éxito, tuvo éxito en seguida. Sus triunfos se recordaban tarde tras tarde, en el cuarto de nuestra madre, entre suspiros y sonrisas. Gracias a ellos vivíamos nosotros, aunque nuestra abuela paterna, la abuela Josefa (a la otra abuela no la llegamos a conocer nunca), pasaba a mi madre todos los meses un misterioso sobre lleno de dinero. La abuela pagaba, también, el colegio, porque le horrorizaban los Institutos.

—De otra forma habríais sido un par de chicos de la calle —decía Esperanza, nuestra cocinera, que tenía de los Institutos la misma opinión que mis abuelos.

Pero en casa no se hablaba de dinero y yo me acostumbré a no considerarlo como un problema. El sobre de la abuela, que llegaba a casa el primer día de cada mes de la mano de un hombre vestido de conserje —era Antonio, un protegido de la abuela— se guardaba en el armario de mi madre, entre la ropa, y más de una vez se llegó a perder. Inesperadamente, aparecía y se acogía como un regalo.

—Cuando el dinero se acaba, se acaba. No hay nada que hacer. ¿De qué sirve hacer cuentas? —decía nuestra madre, que contaba con el asentimiento de Esperanza, que, aunque tenía sus ideas, siempre estaba dispuesta a dar la razón a mi madre, hiciera lo que hiciera. Cuando estaba sola, se quejaba, porque tenía que hacer economías, pero yo siempre pensé que en caso de necesidad aparecería un sobre con dinero atrasado y que ese dinero que, según mi madre, se acababa cuando se acababa, no se acababa nunca.

Durante el resto de mi vida, me acompañó esa

visión de mi madre rodeada de amigas, llenando los cuartos de humo, de rumores, de gritos. Venían para quejarse, porque todas eran muy desgraciadas, pero siempre acababan riéndose. Se lo pasaban bien quejándose y riéndose, alrededor de ella.

Se movían por nuestra casa con desenvoltura y trataban a Esperanza, la cocinera, con confianza. Entraban en la cocina y metían el dedo en la comida a medio hacer. Daban constantemente su opinión sobre cualquier cosa, les incumbiera o no.

A mi hermano Federico le mimaban especialmente y le llamaban «poeta», porque en una ocasión había ganado un concurso de poesía en el colegio. Pero Federico no era poeta sino músico, por aquel entonces aspirante a violinista. Había un violín en casa y a menudo se encerraba en el cuarto de la plancha y trataba de aprender por sí solo el difícil arte de las cuerdas. Desde mi cuarto, desde la sala, desde el cuarto de mi madre, se oía el vibrar no muy melodioso de su violín.

Pero ellas sonreían: un artista en casa, era lo lógico. En sus frases y miradas de aprobación había una vaga referencia a nuestro padre y sus lejanos éxitos eran rememorados de nuevo. Los títulos que le habían consagrado, los meses y los años que sus obras se habían mantenido en cartel, los actores que habían alcanzado la fama interpretando a los personajes inolvidables, todo ello volvía al presente precario y oscurecido. El ruido de telones, bastidores, los aplausos, las falsas lágrimas y las falsas risas, palabras solemnes, frases grandiosas, irrumpían en esas lentas tardes, todas iguales, cuando chirriaba, al final del pasillo, el violín de Federico.

Si aquella fuera o no una ocupación práctica, eso no importaba. En aquella casa de mujeres, el arte tenía su lugar. Podía hacer milagros. Incluso un músico podía triunfar. Nuestra abuela paterna era la única que contemplaba aquella afición con desconfianza y trató, sólo por una vez en su vida, de luchar contra ella. Nunca se había sentido orgullosa de los triunfos de su hijo. El mundo de la escena le parecía deplorable. En su casa no se hablaba de teatro. Nuestro abuelo, aunque sin amenazas, sin furor, había tratado de oponerse a las pretensiones literarias del menor de sus hijos. La abuela todavía le daba la razón.

Nos decía: «¡Si le hubiera hecho caso!», dando quizás a entender que hasta su muerte había sido consecuencia de su extravío. Pero sabía, a la vez, que aquellas aficiones inescrutables tenían una fuerza maligna y mágica: no se podía luchar contra ellas. Dio por sentado, mucho más que mi madre y sus amigas, que Federico sería músico. Le auguraba un futuro difícil, hasta mediocre, penalidades y mezquindades, pero hablaba con tal seguridad que ni a ella ni a nosotros se nos ocurría dudar de que él abandonase su camino.

—Así son las cosas —murmuraba—, hay algo diabólico en esto. En cuanto agarra a un hombre no lo suelta.

De manera que lograba afirmar en Federico la vocación que hubiera pretendido combatir.

Los ojos de mi hermano en ningún lugar brillaban tanto como en casa de nuestra abuela, que despreciaba todas las artes. Porque, a pesar de todo, la abuela era quien más creía en su fuerza y tras sus palabras amenazadoras se entreveía el tortuoso camino de la gloria. ¿Acaso se pasaban todas esas penalidades en vano? ¿Qué había al final de esa ardua y solitaria batalla? Cuanto más negro se describía el panorama, más anhelaba Federico adentrarse en él y hasta la abuela parecía estar deseando que lo hiciera, aunque sólo fuese para que al final, arrepentido o desalentado, volviera a ella y confesara: «Tenías razón.»

Pero las amigas de mi madre alentaban cualquier vena artística que encontraran. Estaban convencidas de que el mundo de la escena, en el que ya no participaban, era el mejor de los mundos. Si deseaban quejarse, si venían a casa a consolar a nuestra madre, era porque lo habían perdido. La vida les había ido dejando al margen de las admiradas tablas, telones y bastidores. Pero al echarse sobre los sillones un poco desportillados de nuestro cuarto de estar o sobre la cama de mi madre, cuando ella no quería salir de su cuarto, se sentían súbitamente cómodas.

Sus suspiros llenaban el aire y tenían un deje de satisfacción. En aquel momento, se habían liberado de toda responsabilidad. El público estaba lejos. Nadie las contemplaba. Desglosaban su rosario de quejas y su voz iba adquiriendo un tono frívolo, despreocupado, que penetró en mi infancia y me infundió la firme creencia, que todavía me cuesta combatir, de que todas las mujeres del mundo, incluida mi madre, eran felices.

La familia Arroyo, la familia paterna, de la que quedaban escasos miembros, había sido el modelo de la familia extensa y unida. Había vivido siempre y todavía vivía en un enorme piso de la calle Castelló, a tres manzanas del Retiro. Mis abuelos vivían en la puerta del centro —era el principal: en realidad, un tercer piso— y en el lado de la izquierda habían vivido los padres de la abuela. Los pisos se comunicaban entre sí por medio de una puerta que se acabó tapiando porque cuando el piso se quedó vacío, se alquiló, lo que a nosotros nos parecía un lamentable error. Aquella parte de la casa, que contaba con una gran galería soleada, se evocaba siempre con nostalgia. La abuela hablaba de sus padres como de dos ancianos simples y encantadores, a los que había que cuidar, y que nunca habían causado el menor problema.

La abuela Josefa había llevado siempre la carga de los dos hogares y lo había hecho de buen humor. Tenía una cara roja, resplandeciente. La vida le había concedido comodidad y seguridad, pero no la había mantenido al margen de las desgracias. Había librado una batalla continua contra la muerte, la enfermedad y la locura, que había crecido a su alrededor sin que ella pudiera evitarlo. Pero cuando echaba la vista atrás, encontraba motivos para mantener la calma y la confianza. Había habido penalidades y malos episodios, pero parecía pensar que lo terrible y doloroso era una cara inevitable de la moneda y que la otra seguía mereciendo la pena. No sé si era resignación estoica o cristiana, porque, aunque había querido que estudiásemos en un colegio religioso y asistía a misa y rezaba el rosario diariamente, nunca trató de evangelizarnos. Creía en Dios y en la justicia divina fervientemente, pero además, su naturaleza la empujaba hacia la vida, la fortaleza.

Así como ella estaba siempre en casa, pendiente de los miles de detalles que, en su opinión, la convertían en un hogar, el abuelo Félix era conocido en todo el barrio porque le gustaba mucho la calle. Era ingeniero industrial y estaba al frente de una de las dependencias del Ministerio de Industria, a la que se dirigía andando, golpeando suavemente los adoquines de la calle con su bastón. Era amable con todo el mundo, pero, sobre todo, ingenioso. Llevaba caramelos en el bolsillo, que nos daba a nosotros o a cualquier otro niño que se encontrara y tomaba el pelo a todas las personas a quienes amablemente saludaba. Delgado, moreno, con bigote, tocado con sombrero de fieltro en invierno y de paja en verano, años después de su muerte, sus conocidos todavía contaban anécdotas de él y movían la cabeza añorando esos tiempos felices de paseos despreocupados y bromas inocentes.

El hermano mayor de mi padre, que se llamaba Félix, como el abuelo, y que también era ingeniero, en julio de 1936 se alistó con los requetés. Se lo llevaron al frente con los zapatos nuevos, recién comprados, y la abuela todavía se lamentaba, no se sabe si porque suponía que no le habían dado unas botas y los zapatos nuevos le dolerían o porque imaginaba los zapatos tirados, abandonados en cualquier parte. Antes del año les comunicaron su muerte. Siempre que se hablaba de él, los abuelos se quedaban callados, porque no se sabía lo que hubiera podido ser.

Después de Félix venía Dolores —el mismo nombre de mi madre—, y nosotros tampoco la habíamos llegado a conocer. Tenía una salud frágil y dedicaba su tiempo a hacer obras de caridad. Por las fotos veíamos que era delgada y morena, parecida al abuelo. Se murió poco antes que mi padre, de tuberculosis, como él. El abuelo, desde aquella muerte, iba todos los sábados al cementerio —andando, en un paseo más largo que el habitual— con un ramo de flores.

Sin embargo, conocí, aunque no lo bastante, no todo lo que mi curiosidad hubiera deseado, al tío José María. Vivía con los abuelos y nunca tuvo una ocupación. Le gustaba rememorar sus tiempos de estudiante, en Zaragoza —lo habían llevado allí porque se pensó que sería más fácil aprobar los cursos de medicina, pero no creo que terminara la carrera: todo el tiempo que hubiera debido dedicar a los estudios lo había empleado en beber—. De él nos hablaba Modesta, la criada de los abuelos. Por ella sabíamos que seguía bebiendo. Todas las noches, el sereno le ayudaba a subir las escaleras y entre Modesta y él lo acostaban. Los abuelos nunca se enteraron de que tenían un hijo borracho.

Pasaba muy poco tiempo en casa. Algunas veces nos cruzábamos con él en la calle, muy cerca del portal, cuando regresaba a su casa para la cena y nosotros volvíamos a la nuestra. Como el abuelo, nos daba caramelos y nos acariciaba la cabeza, confundía nuestros nombres, aunque era seguro que los conocía muy bien, y se reía de ello. Lo veíamos un poco más los domingos. Nos interrogaba mientras comíamos, quería saber cuál era la capital de Pakistán o las obras más famosas de Shakespeare, pero no prestaba atención a las respuestas y más de una vez comprobé que daba por válida una equivocada si uno la decía en tono decidido. Pero eran ésas las cosas de las que se le ocurría hablar con nosotros. Se levantaba en seguida de comer, antes del postre —no le gustaban los dulces, que nosotros esperábamos con ansiedad—, y se iba a tomar café al casino. Siempre que se despedía, siempre que regresaba, se inclinaba hacia la abuela y depositaba un beso sobre su frente. Aquel beso me asombraba. El tío José María parecía bastante mayor y en aquel momento se convertía en un niño, más aún que nosotros, que, arreglados con nuestra mejor ropa, bien peinados y lavados, nos sentábamos algo tiesos en las sillas almohadilladas del comedor. Su vida nocturna que, según sabíamos por Modesta, acababa en ruidos apagados por las escaleras, se desvanecía a la luz de aquellos almuerzos en el alegre comedor de los abuelos.

Al tío José María le seguía el tío Joaquín. Tenía fama de haber heredado el ingenio de su padre, pero cuando venía a comer a casa de los abuelos —estaba casado con una mujer que nos impresionaba mucho, no sólo porque era muy guapa sino porque tenía una casi irreal mirada de mártir— se comportaba con mucha gravedad. Luego supe que sólo cuando bebía (y bebía mucho; acaso más que su hermano), perdía esa actitud seria, sin duda resultado de una enfermiza timidez. A lo largo de la vida, se fue desvelando el secreto que parecía querer guardar ante sus padres. A pesar de que los tiempos no admitían el menor escándalo, la mujer cuyos ojos tanto nos habían impresionado, abrumada, contó al fin a sus hermanos que desde la primera noche de bodas su matrimonio había sido un infierno. Nuestro tío bebía antes de acostarse y, exasperado por no poder realizar con su mujer, de quien estaba profundamente enamorado, un acto que con otras siempre le había resultado sumamente fácil, se ponía fuera de sí, la insultaba y la pegaba. Se arregló una separación (no legal) y, a partir de entonces, el tío Joaquín pasaba largas temporadas en un hospital.

Cuando salía de él, vivía en casa de los abuelos. Todavía era joven. Tenía en sus ojos una terrible expresión de vacío. Como el tío José María y como el abuelo en los tiempos de nuestra niñez, llevaba siempre caramelos en el bolsillo y en cuanto nos veía aparecer por la puerta, nos los enseñaba como si fuera eso todo lo que pudiéramos desear. Tal vez se lo había visto hacer a su padre y siempre le había gustado. Eramos ya bastante mayores, pero cogíamos los caramelos y le dábamos las gracias. Luego, nos preguntaba por nuestra madre y tarareaba «María Dolores».

—Preguntadle a José —decía—. El la cantaba mejor que yo.

Durante las temporadas que pasaba en casa de los abuelos, el tío Joaquín era un loco apacible. Hablaba mucho de su hermano y fue él quien nos describió la casa cuando el piso de la izquierda estaba habitado por sus abuelos y sobre todo nos describió la galería soleada donde los dos ancianos pasaban las primeras horas de la tarde.

—José y yo —decía— íbamos a verles antes de salir de casa. Estaban siempre rezando. José, que sabía donde guardaba el dinero la abuela, cogía un billete de quinientas pesetas, ¡de quinientas pesetas!, figuráos, una barbaridad, y lo metía en el misal de la abuela. Entonces, cuando pasábamos a verles, le pedía dinero. La abuela decía que no podía, que no tenía dinero, que lo sentía mucho. Y José respondía: pero abuela, mira en el misal, que me parece que Dios ha puesto dinero en el misal. La abuela miraba el misal, encontraba las quinientas pesetas y se las daba.

El tío Joaquín, cuando nos contaba estas cosas y otras parecidas, nos miraba triunfalmente, orgulloso de su hermano y de la bondad o credulidad de su abuela.

Y si pasaba la nuestra por ahí, sonreía benignamente, como si ella no hubiera escuchado o no diera crédito a aquellas historias.

—No hables tanto —decía sin el menor tono de reproche, pero por hablar un poco ella también, por demostrar que no estaba ahí sin más—. Luego te cansas.

No era cierto. El tío Joaquín no se cansaba más porque hablara. Era lo único que le gustaba hacer en aquellas temporadas en que volvía a casa de sus padres. Tenía que darse cuenta de que todo a su alrededor había cambiado: nosotros habíamos crecido, su hermano José María apenas paraba en la casa, pero él ya no podía seguirle. Todo era enormemente distinto y lo veíamos en el reflejo dolorido de sus ojos, pero se aferraba a lo que ya no podía cambiar, a sus recuerdos inmutables. El éxito de su hermano menor, nuestro padre, la belleza de mi madre, a quien hacía tantos años que no veía —y lo decía sin culpar a nadie, como si fuera natural que esas cosas pasaran—, los paseos del abuelo a lo largo de la calle Castelló camino del Retiro y del cementerio, la infinita paciencia de su madre y la inocencia de los abuelos, cuyas vidas se deslizaban suavemente, bajo el sol de la tarde de la galería, rezando, musitando, y dejándose engañar por sus adorados nietos.

Después del tío Joaquín, venían, muy seguidos, Mercedes y Guillermo. Mercedes era exactamente igual a mi abuelo. Cuando yo la conocí era ya monja de clausura, pero pasaba, como el tío Joaquín y no sé por qué razones, largas temporadas en casa. Tenía el mismo buen humor del abuelo. Se diría que no veía las dificultades.

Guillermo fue mi padre. Su afición al teatro, a la literatura, a la vida bohemia, nunca les gustó a los abuelos, pero, una vez que él tomó ese camino con decisión, hicieron como si no se enteraban. Me mostraban orgullosos sus fotografías enmarcadas. Yo trataba de leer en sus ojos. Miraba hacia la derecha, un poco hacia abajo. El pelo, bien peinado hacia atrás, dejaba muy despejada su amplia frente. Por mucho que lo mirara nunca llegaba a adivinar qué era lo que estaba pensando. Su temprana boda —sin finalizar sus estudios, que nunca se terminaron— y su temprana muerte fueron unos de los muchos golpes que los abuelos tuvieron que sufrir. Pero tenían por lema no quejarse y todavía les quedaba tiempo para bromear con nosotros, únicos depositarios de su apellido, sobre las pequeñas anécdotas de la vida, la nuestra.

Considerada desde mi casa, la casa de la abuela parecía poblada de felices fantasmas. Con ellos me encontraba domingo tras domingo. Mientras avanzaban los meses, los años, se sucedían exámenes, premios, veranos, vacaciones, ellos seguían habitando alrededor de la abuela. Como debía sucederle al tío Joaquín, para mí eran la historia, lo inmutable, frente al mundo, que se estaba haciendo. Curiosamente, la casa de mis abuelos, habitada por esos personajes que se movían errática y misteriosamente, siempre representó el orden para mí. En ella se formulaban los mismos principios que trataban de inculcarnos en el colegio —ese colegio que pagaban nuestros abuelos y al que habían asistido de niños nuestros tíos y nuestro padre—. Por debajo, había corrientes confusas, pero en la superficie imperaba la calma: el rostro sonriente y lleno, algo arrebolado, de la abuela. En cambio, en nuestra casa, no se sabía bien qué valores imperaban. No se hablaba de principios. ¿De qué hablábamos con nuestra madre? Tal vez yo no hablaba con ella. Escuchaba las conversaciones con sus amigas, repararan o no repararan en mí. Unas veces, me hacían mucho caso, otras, parecía no existir para ellas.

De todas las amigas de nuestra madre, durante mucho tiempo (hasta la aparición de Genoveva), Mabel fue nuestra preferida. Era lectora de horóscopos y siempre tenía entre sus manos un crucigrama. En cuanto nos veía nos preguntaba: «¿Qué palabra de siete letras es sinónimo de cabalgar?». O: «Al revés, muchacho en francés.» Estaba siempre de un humor excelente, como si le acabaran de comunicar que había acertado el número premiado de la lotería, a lo que también era aficionada. Fue ella quien proclamó con solemnidad y satisfacción que Federico era Aries y yo Capricornio y que no nos debíamos preocupar por nuestro futuro porque todo nos iba a ir muy bien.

—Lo malo de los capricornios —me dijo a mí— es que son como esas cabras atadas a un poste, que dan vueltas creyendo que han recorrido mucho camino, y en realidad apenas se han movido.

Pero ni siquiera eso parecía muy grave.

—Se puede aprender en todas partes, incluso sin salir de casa —añadía.

Mabel se reía ruidosamente y fumaba un cigarrillo tras otro, cogía una fotografía enmarcada de una repisa, la miraba con atención, hacía un comentario irónico, y la dejaba en otro lugar. Se recostaba en el sofá, se descalzaba, apoyaba su cabeza en un cojín, se removía el pelo, sacando una horquilla de aquí, otra de allá, y dejaba caer sobre sus hombros un hermoso pelo brillante, no siempre del mismo color.

Cuando regresábamos a casa del colegio, preguntábamos, rutinariamente, si nuestra madre estaba en casa. Era una pregunta absurda, porque siempre estaba en casa. Lo que queríamos era saber quién estaba con ella.

Entonces ocurrió algo verdaderamente importante. Un atardecer todavía cálido, pero lleno del sabor del otoño, al regresar del colegio, nada más atravesar el umbral de nuestro piso, nos sentimos inmersos en un gran alboroto. Esperanza daba gritos, pero no podía articular nada inteligible. Nos empujó hacia el cuarto de estar porque nuestra madre, decía, tenía una cosa que decirnos.

Tardamos en enterarnos. Las amigas que rodeaban a mi madre nos lo dijeron todas a la vez y a la vez que mi madre. Al fin, conocimos la noticia. Una de las obras de nuestro padre, uno de sus éxitos, iba a ser llevado al cine.

—Es una obra tan, tan cinematográfica —decía Mabel—. Con esos actores y ese director, va a quedar fenomenal. Irán llevando todas sus obras al cine.

Era Mabel quien dictaminaba, pero todas estaban convencidas y eufóricas. Hasta ese momento, para mí, el cine era las oscuras salas de proyecciones a las que había acudido con mis amigas y, según había oído decir en casa, el enemigo número uno del teatro, pero de repente se convertía en su aliado y accedíamos a él por la puerta grande.

Aquel día estallaron todos los elogios que se habían negado al cine y se inventaron otros nuevos. Nada era como el cine. Ni el teatro ni la vida. El cine lo superaba todo, lo incluía todo, lo magnificaba todo. ¿Arte? Más que arte. El entusiasmo que yo creía sentían todas aquellas mujeres por la escena había desaparecido, porque era un entusiasmo referido a la vida que habían conocido y perdido (algunas no, pero ninguna estaba enteramente metida en ella), pero aquella ilusión por el cine era como un sueño. Ninguna sabía exactamente quién era allí el hombre importante o, al menos, no lo conocían. Querían indagar en ese esplendor. El teatro engañaba menos, aunque sabían que un rostro podía transformarse por completo y todas recordaban el caso de la famosa actriz que actuó con cuarenta de fiebre e hizo la mejor interpretación de su carrera. Luego se desmayó. El teatro engañaba, pero sospechaban que el engaño en el cine era mucho mayor. No lo sabían, estaban aturdidas y encantadas. «Iremos al estreno», decían, pensando ya en lo que se pondrían, en el vestido adecuado para el estreno de una película.

Nuestra madre parecía pensativa.

—Lo he hecho por dinero —nos confió por la noche, cuando todas se marcharon.

Y eso me hizo pensar que ella no sentía tanta admiración por la pantalla iluminada y que le asustaba todo lo que a sus amigas les movía a entusiasmo. No le gustaban los cambios, yo ya lo empezaba a saber.

—No tenemos que hacer nada. Sencillamente, vendemos los derechos para el cine —dijo, como quien se ha aprendido de memoria una lección. Porque pensaba que era una especie de traición y que a nuestro padre le hubiera gustado realizar él mismo la adaptación y no estaba convencida de que su decisión fuese correcta.

—Es el mejor director, dicen —susurraba—, el mejor actor.

Pero no tardamos en celebrar el acuerdo con champagne. Esperanza limpió las copas, las puso sobre las bandejas, entró sonriente en el cuarto de estar y ayudó a destaponar las botellas, que sonaron ruidosamente. Las Navidades habían llegado antes de tiempo. Nuestra madre había firmado el contrato y le habían dado un flamante talón bancario. Eramos ricos y, sobre todo, algo había sucedido, algo había irrumpido en nuestra casa.

—Está prohibido llorar —le dijo tajantemente Mabel a mi madre el día del estreno de la película. Se lo había dicho muchas veces a lo largo de la tarde, mientras mi madre, seria, asentía, y se lo volvió a repetir en cuanto nos sentamos en nuestras butacas, ya en el cine.

Fue nuestra primera salida importante, estuvimos rodeados de personas desconocidas, nos sacaron fotos y los periodistas hicieron muchas preguntas a mi madre. El enorme, ancho mundo al que a veces la abuela hacía referencia, del que tanto se quejaban y tanto disfrutaban las amigas de mi madre, ese mundo para el cual nos preparaban en el colegio, y en el que había que triunfar, se nos apareció en el vestíbulo del cine, entre focos de luz, empujones, calor y humo.

Aquella noche soñé con mi padre, o tal vez no dormí, sino que estuve pensando en él, en la forma en que pensaba en él: sin saber qué pensaba él de nosotros. Había visto su fotografía en los periódicos, su nombre en letras de molde. Para entonces, había leído ya todas sus obras. Pero no tenía ningún recuerdo suyo. La conclusión de todos aquellos sueños era que él, que surgía al final de un pasillo, en el parque, en nuestra propia casa o en la de los abuelos o en otras semejantes, no me reconocía. Aquella noche me sentí verdaderamente huérfano. En cierto modo, aquella noche de éxito, renuncié a mi padre.

Hubo tres cosas importantes que pudimos hacer con ese dinero. Yo tuve una pluma Parker, Federico se compró una flauta travesera y fuimos a veranear. Todavía recuerdo la cara de estupor que puso el dependiente de la tienda de instrumentos musicales cuando comprobó que teníamos el dinero para la flauta. Al principio, se había resistido a atendernos, pero tanto insistimos y tanto interés mostramos, que acabó enseñándonos con cierto entusiasmo cuanto pedíamos. Miraba perplejo a Federico, que con sus diez años aún parecía más pequeño de lo que era, y que desplegaba sus conocimientos sobre flautas como si hubiera nacido con una de ellas entre las manos, tal vez preguntándose si no sería uno de esos genios precoces, pero lo último que debía pensar era que de verdad íbamos a comprarla. Cuando saqué del bolsillo todos los billetes arrugados, de los que aún sobraron algunos, su rostro parecía traspasado por la incredulidad. Repuesto, todavía fue más amable. Colocó la flauta en la caja negra, forrada de terciopelo rojo, la cubrió con una gamuza amarilla, la cerró, y nos la entregó casi emocionado. En la calle, volvimos la cabeza porque la tienda nos atraía y lo habíamos pasado muy bien en su interior, y vimos al dependiente que a través de los cristales seguía dedicándonos una mirada sorprendida.

La temporada de la flauta fue mejor y bastante más larga que la del violín. A la salida del colegio, yo acompañaba a Federico a casa de un profesor. Mientras tanto, daba una vuelta, o entraba en un bar y jugaba con las máquinas o volvía a casa, si es que tenía que estudiar. Pero prefería quedarme por ahí hasta que él terminase. Salía muy contento del portal con la caja en la mano, como una maleta. Luego, en casa, si se lo pedía mi madre, sacaba la flauta y nos mostraba sus progresos.

—Ha sido una buena inversión —decía Mabel o cualquier otra amiga que estuviera con nuestra madre.

Todo eran buenas inversiones para ellas, que en su vida habían hecho nada productivo.

Y así surgió la idea de las vacaciones. Todos los años, cuando llegaba el verano, la abuela nos pedía que convenciéramos a nuestra madre para que fuéramos a la finca con ella. Los abuelos tenían una propiedad en el campo, en Alicante, cerca de Elda. La habían heredado de sus padres y la habían mantenido. Era un buen lugar para soportar el calor.

La lucha se repetía año tras año. Mi madre ponía mil pegas incomprensibles, pero al fin cedía. Estaba cerca del mar, era saludable, los cambios nos sentaban bien a todos, pero mi madre se aburría. Se pasaba las tardes sentada en una hamaca con una labor o un libro entre las manos a los que no prestaba mucha atención. No le gustaba coser y las únicas novelas que le gustaban, las policíacas, prefería leerlas donde no tuviese que hacer caso a nadie. En casa, andaba siempre de un lado para otro con una de esas novelas en la mano. La abuela, que se movía por la casa y el jardín con una vitalidad renovada, dueña y señora de ese terreno que todavía producía almendras y fruta, no sabía muy bien qué hacer con ella. A su manera, la cuidaba mucho. Siempre había una manta cerca de la hamaca por si refrescaba, aunque nunca refrescaba tanto como para utilizar una manta, y a todas horas se le hacían zumos de frutas, llenos de vitaminas, que mi madre se bebía perezosamente. Pero no se llevaban bien. Todo lo que le gustaba a la una le desagradaba a la otra. Al final del verano, la abuela nos despedía con los ojos llenos de lágrimas (ella se quedaba otro mes) y con una pregunta en el fondo de sus ojos: ¿volveríamos?

Imagino que ese dinero destinado a nuestras vacaciones (por primera vez, autónomas) debió de parecerle a la abuela mal empleado, pero no me ocupé de fijarme en el humor de mi abuela. Fuimos adonde mi madre quería ir: al Norte, a Zarauz, donde iban algunas de sus amigas y con una de ellas: Genoveva.

Como su nombre, largo, suave, rítmico, Genoveva se pasaba el día soñando. Era la más romántica de las amigas de mi madre y su vida, según decían las otras, era una sucesión de aventuras que provocaba ella y de las que salía huyendo. Mabel, que no admiraba a nadie, admiraba su capacidad innata para no estar en el mundo, para no enterarse de nada y pasar sobre las cosas como quien no ve nada y no quiere nada. Porque lo bueno era que los demás sí la veían a ella.

Genoveva vino con nosotros en aquellas inusitadas vacaciones porque acababa de separarse de su marido. Así hizo irrupción en nuestra vida. Aquel verano, en aquella casa frente a la playa que ella misma se había encargado de buscar, en inacabables noches en el porche o el jardín, supe todo lo referente a Genovena. La separación de su marido no había sido nada dramática. Lo contaba tranquilamente: se lo había encontrado un día en su propia casa abrazado a una mujer. Era médico y Genoveva ya imaginaba que andaba siempre enredado en líos de faldas.

—No me enfadé —decía Genoveva—, conservé totalmente la calma, porque ya estaba harta de él. Estupendo, le dije, mira por dónde me has facilitado las cosas. Hasta le preparé la maleta. Mientras metía la ropa me dije: es la última vez que le hago un favor. —Se reía, se encogía de hombros—. No fue el último favor que le hice, de todos modos. Pero cogió la maleta y se fue, sin decir nada. Entretanto, la chica se había marchado. Y eso fue lo que me fastidió —miraba a mi madre, todavía fastidiada—, la chica. No sabes lo que es encontrar a tu marido con otra mujer. Lo quieras o no lo quieras. Tardas en recuperarte. Imaginas que ya has perdido todo atractivo. Y aquella chica era guapa y tenía un tipazo. Eso no hay quien lo aguante.

Como para borrar todos esos recuerdos enojosos, Genoveva daba un manotazo en el aire y cogía su cajetilla de Lucky. Federico se apresuraba a buscar cerillas o el encendedor. Miraba con atención cómo aspiraba el cigarrillo. Era un gran imitador. A pesar de ese recuerdo que todavía le irritaba y que mencionaba con frecuencia, con variaciones en las que iba subiendo el tono irónico, Genoveva se había repuesto.

El médico le pasaba dinero y antes de que ella se viniera de vacaciones con nosotros había intentado una reconciliación. Eso le hacía a Genoveva muchísima gracia.

—Bueno, pues me llama —decía, riéndose— y me dice que por qué no nos vemos. ¿Vernos? ¿Dónde?, le digo yo. En cualquier sitio. Podemos ir al teatro, al cine, a bailar, dice. Pero, ¿qué es lo que les pasa a tus amiguitas?, le digo. Es que no son tan guapas como tú, me dice. —Se reía—. A buenas horas lo has descubierto, le digo, yo ya no tengo nada que ver contigo. ¡Pero si estamos casados!, me dice él.

Esos eran los diálogos entre Genoveva y su marido, que ella reproducía ante nosotros, porque lo que más le gustaba en el mundo era hablar.

Además de su propio marido, Genoveva tenía otros pretendientes. Lo habíamos oído comentar a Mabel: «No sé de dónde los saca, pero siempre tiene una nube de hombres a su alrededor.» Aquel verano lo pudimos comprobar. Llamaban por teléfono o se presentaban súbitamente en nuestra casa y aguantaban todas sus impertinencias. Ella los trataba bastante mal, porque en seguida le entraba complejo de persecución. Murmuraba, agobiada, que estaba harta, que no soportaba a éste por presuntuoso, a aquél por tonto y a un tercero por la manera en que ladeaba la cabeza. Genoveva siempre se arrepentía de todo. Pero había un hombre que sí le gustaba y ése no apareció ni llamó durante todo el verano.

—Bueno, ya lo sabía —decía Genoveva de vez en cuando—. Pero no lo puedo evitar. Es el único que me gusta.

Suspiraba. Sacaba su cajetilla de Lucky. Dejaba que Federico encendiera su cigarrillo, se recostaba en la butaca.

—¡No sabéis lo que es la vida! —decía.

Yo tenía esa edad en que se empieza a saberlo, a intuirlo, y la presencia de Genoveva entre nosotros era como un catalizador. Era un par de años más joven que mamá, pero nos parecía que existía una gran distancia entre ellas. Vivía pendiente de todos esos padecimientos emocionales que proporciona la vida y sus ojos se fijaban momentáneamente en el fondo de cada persona nueva que encontraba, en cada cosa, en busca de una solución a su jeroglífico. ¿Cuáles eran sus problemas? Se elevaban por encima de nuestras cabezas como las volutas de humo de sus cigarrillos.

—No pienso pasarme toda la vida esperando, eso desde luego que no —decía con resolución, mientras aquel hombre ni llamaba ni venía.

Pero hasta Federico sabía que lo haría.

Al final del verano comprendí que me había enamorado de Genoveva. No esperaba nada de ella. Sólo que pasara siempre los veranos con nosotros.

—No tengo a nadie. Esto me pasa por no haber tenido hijos —decía mirándome.

Decía cosas así mientras se daba esmalte rojo sobre las uñas. Agitaba su mano en el aire para que se secara e inmediatamente se ponía a tararear una canción.

Uno de los pretendientes de Genoveva nos llevó un día a Francia. Era un hombre alegre (contaba con la aprobación de nuestra madre porque era educado y muy rico), que nos metió a todos en su coche y nos fue contando muchas cosas por el camino. Sabía historias de gente extravagante y de casinos, de grandes fortunas y noches locas. Merendamos en Biarritz, en la terraza del Gran Hotel y mientras mi madre y Genoveva hacían compras, nos llevó a la playa.

Mientras Federico se bañaba, me dijo confidencialmente que no soportaba la estupidez; le ponían enfermo las mujeres que se creen que todo lo que tienen que hacer en la vida es conquistar a un hombre. Le gustaban las mujeres un poco mayores, mujeres con las que poder hablar, que supieran ya de qué iban las cosas. Mujeres como Genoveva. Me miró a ver qué me parecía. ¿Qué me iba a parecer? Mujeres como Genoveva. Sentí una remota lástima hacia él porque tenía tan pocas posibilidades como yo de conquistar a Genoveva y él estaba esperanzado. Me miró de nuevo al fondo de los ojos:

—¿Crees que le caigo bien? Quiero decir, cuando hablan de mí, ¿qué dice ella? ¿Qué piensa de mí?

Era mi madre quien hablaba bien de él, porque Genoveva lo único que había dicho era que nos llevaría a Biarritz. Le dije que las dos estaban encantadas con él y que les había hecho mucha ilusión que nos trajera a Francia a todos, que eso ponía de manifiesto su buen fondo. No sé si se lo dije exactamente así, pero es seguro que empleé la palabra «fondo». Me pareció contundente. El me miró, contento. Luego, se tumbó en la arena y cerró los ojos.

Sin embargo, aquella noche, cuando llegamos a casa, aunque nos ayudó a entrar los paquetes de las compras, no le invitaron a quedarse y se marchó un poco decepcionado.

Mabel tenía razón. Los hombres revoloteaban alrededor de Genoveva. Había sido siempre así. La única posibilidad que tenía un hombre de llamarle la atención era no hacerle mucho caso. Aprendí eso aquel verano, entre otras cosas.

Meses más tarde, antes de las vacaciones de Navidad, aprendí otra vaga lección.

Los compañeros de clase de Federico conocían su habilidad con la flauta travesera (más o menos, todos habían ido desfilando por casa, porque Federico no se contentaba con tener un par de amigos) y lo habían comentado en el colegio, así que un día había llevado la flauta y había hecho una pequeña exhibición. El profesor se había quedado impresionado y cuando se programaron los actos de fin de año, incluyeron la actuación de mi hermano.

Los padres se situaban en las primeras filas. Desde un lateral, saludé a mi madre que se sentó discretamente en la tercera fila. Se apagaron las luces, se subió el telón y se sucedieron las funciones.

Al fin, le tocó el turno a Federico. Con los focos sobre su figura, el telón de terciopelo rojo y festones dorados recogido a ambos lados del escenario, parecía pequeño y asombroso: tan serio, tan convencido de que, recién cumplidos los doce años, era el único en todo el colegio que sabía tocar, y muy bien, la flauta travesera. Con toda gravedad, empezó. Había hecho una selección que habíamos escuchado mil veces en casa y que finalizaba con el Himno a la Alegría. Lo tocó más deprisa que de ordinario y comprendí que aunque no se le notara estaba nervioso. Por la mañana se había levantado tan trastornado que no había podido desayunar. Pero, ¿qué sabía el público? Quería aplaudir a aquel niño pálido, tan comedido, que sonrió con la boca cerrada çuando terminó su concierto. Se elevó una salva de aplausos y Federico se inclinó levemente y desapareció. Le obligaron a volver a salir. Estaba desconcertado y le brillaban los ojos. Buscó a mi madre con la mirada y sonrió otra vez, con su pequeña sonrisa.

Miré a mi madre. Le rodaban un par de lágrimas por la cara. Se las enjugó con un pañuelo. Hacía mucho tiempo que no la veía llorar. Me impresionaron aquellas lágrimas como nunca me habían impresionado las que le había visto derramar día tras día mientras a su alrededor las visitas se esforzaban por consolarla y distraerla. Entonces comprendí que ya estábamos lejos del pasado, que todo aquel tiempo oscuro había sido dejado atrás. Me vi lejos de ella y de Federico. Los tres años que nos separaban se habían convertido en un largo y estrecho pasillo. Todo lo que nos había unido, ese mundo que nos había pertenecido de forma indiferenciada, se había ido convirtiendo en algo distinto para cada uno. Y eso fue lo que me emocionó y por lo que tragué saliva, porque yo no podía llorar; me había fijado como norma el control de las emociones.

Toda la familia de nuestra madre se limitaba a su hermano Enrique, que vivía en México y de quien, muy de vez en cuando, se recibían noticias (por lo que luego supe, buenas, cada vez mejores). Era «el tío Enrique de México», remoto, y hasta podría decirse que insignificante en nuestras vidas.

Mi madre también había vivido —y nacido— en México. Dejó de ser mexicana al casarse y tenía ese acento musical que, a nuestros oídos, parecía convertirlo todo en menos importante de lo que era. Había venido a España muy joven, a la muerte de sus padres, porque eso era lo que había escuchado siempre de sus labios, lo que también encontró escrito como última de sus voluntades en el testamento y porque eso era, en realidad, lo que quería hacer.

El abuelo le había inculcado esa veneración por España (por el pueblo español, más exactamente) que parece crecer de forma espontánea en el corazón de todo exiliado. Le había tratado de inculcar otras muchas cosas que en parte, sin que nos diéramos cuenta, mi madre nos transmitió. Todo eso que se llaman ideales.

El tío Enrique de México era el hermano mayor y cuando mi madre vino a España él se quedó porque tenía un buen empleo y el proyecto de casarse en seguida. Todo esto lo supe mucho después. Sólo entonces, cuando fueron desapareciendo los enigmas que envolvían el pasado de mi madre, fui plenamente consciente de ellos. Y de todos modos, y aunque obtuve cuantos datos y explicaciones quise pedir, como no fue aclarado a tiempo, el pasado de mi madre permaneció envuelto en la bruma y prevaleció la impresión que tantas veces había oído expresar a sus amigas: «Está sola. No tiene a nadie.» Como si mi madre hubiera salido de la nada.

Cuando vino el tío Enrique de México para instalarse en España, mi madre volvió a llorar. Lloraba de pena y de alegría, porque la recuperación de su hermano le traía el recuerdo de sus padres, perdidos tanto tiempo atrás.

«¿Pero de verdad no os acordábais de él?», nos preguntaba.

Muy remotamente. Había venido después de la muerte de nuestro padre, con el propósito, lo supimos luego, de llevarnos a todos a Ciudad de México. Pero recibió la negativa de nuestra madre, que lo único que repartía aquí y allá eran negativas.

En su primer viaje el tío Enrique era más bien pobre. Había reunido Dios sabe cómo el dinero necesario para nuestro viaje y ese dinero fue devuelto a la bolsa del ahorro familiar. La bolsa se fue incrementando. El negocio de los abuelos había ido dando algún dinero y al fin el tío Enrique tomó la decisión de venderlo y abrió unos pequeños almacenes. Ya no eran pequeños. El tío Enrique tenía socios norteamericanos —gringos, dijo— y ahora venía a España, convertido en un hombre rico, y se escandalizaba de nuestra pobreza. Estaba en deuda con nosotros, decía, porque a nuestra manera —silenciosa, una manera de omisión—, habíamos contribuido a ese paulatino incremento de los ahorros familiares que le habían permitido concebir más grandes negocios.

Reñía a mi madre, como casi todo el mundo lo hacía, por una razón o por otra. El la reñía por haber ocultado sus necesidades.

—Pero si vivimos muy bien —replicaba ella—. No necesitamos nada.

El tío Enrique contemplaba con una mirada de censura el cuarto de estar, sin duda la parte más lujosa de la casa, y yo no podía por menos que pensar en lo que diría si conociera nuestros cuartos o la cocina. Rogué que no se le ocurriera, sobre todo, eso: entrar en la cocina.

—No entiendo por qué no nos dijiste nada —dijo, pensativo, como si a este lado del océano hubiera habido una conspiración de silencio para ocultar nuestro estado miserable.

Nuestra madre alegaba que entre la pensión, las rentas que nos pasaba generosamente nuestra abuela paterna y los derechos de las dos obras teatrales de nuestro padre que, como un golpe de suerte, habían sido llevadas al cine, teníamos para vivir con toda comodidad. Porque además, la abuela Josefa nos pagaba los estudios a Federico y a mí, y eso era como un regalo.

—¡Un regalo! —repitió, no sé si más maravillado que indignado el tío Enrique.

—Y tú, ¿qué piensas? —me espetó, sin saber que en aquella casa de mujeres nadie me preguntaba mi opinión—. ¿Qué estudias? —siguió. Se llevó las manos a la cabeza cuando supo que acababa de matricularme en una carrera de letras.

—Pero, ¿qué es lo que piensas ser? —preguntó, extrañado.

—Escritor —contesté, sin mirar a mi madre, porque nunca había confesado públicamente mi vocación.

—Mariconadas —dijo tajantemente, sin considerar que mi padre había sido escritor y que al fin y al cabo esa hermana desvalida a quien tanto quería había estado casada con él.

—Depende —contesté—, maricones hay en todas partes.

Federico se rió, no tanto porque le hubieran hecho gracia mis palabras como porque le gustaba reírse en los momentos tensos. Miré al tío Enrique con displicencia, como se mira a un intruso. Como había luchado mucho y era un triunfador, inesperadamente, se echó a reír, golpeó el hombro de Federico y dijo, cabeceando afirmativamente.

—Ya lo creo que los hay.

Luego se dirigió a mi madre:

—Dolores —declaró—, has educado a tus hijos como si fueran chicas. Pero son chicos. —Su voz sonaba rotunda—. Estoy absolutamente convencido.

A esas alturas de la conversación, yo había comprendido que el tío Enrique era un contrincante difícil. Nadie me había preparado para lidiar con él, de forma que no quise hacer ninguna observación. «¿De qué es exactamente de lo que estás convencido?», tenía ganas de decirle, pero me callé, no por consideración a mi madre, sino porque no había adquirido la necesaria capacidad de réplica que confieren los años. El tío Enrique jugaba con esa ventaja y con la que le daba saber que no había sido conseguida fácilmente. Se sentía en el derecho de opinar y aconsejar, porque, sobre todo, era riquísimo y siempre había pensado que el dinero es el máximo bien que se puede obtener en la vida.

Y ésa era, seguramente, la educación femenina que nos había dado nuestra madre: el dinero no se encontraba en el primer lugar de la escala de valores. Había educado a un músico (que tocaba la flauta travesera, ni más ni menos) y a un escritor, si es que éramos un músico y un escritor. Oficios completamente inútiles, poco productivos, que simplemente producían perplejidad a nuestro triunfador tío Enrique.

—Mañana te pasaré a recoger para almorzar —dijo el tío Enrique a mi madre cuando se despidió, dejándonos asombrados, porque aquella frase presuponía una vida activa completamente ajena a la que llevaba nuestra madre.

La repentina materialización del «tío Enrique de México», ante nuestros ojos había sido como un golpe y todavía no sabíamos cuáles iban a ser sus efectos. Durante un rato, nos quedamos silenciosos. No estábamos acostumbrados a tantas empresas, a tantos planes. No estábamos acostumbrados a la presencia de un hombre en nuestra casa, un hombre, además, dominante, dispuesto a ejercer algún tipo de influencia sobre nuestras vidas. Mi madre nos miraba desconcertada. Por lo menos flotaban dos preguntas en el aire: ¿se sometería a su influencia? La segunda era más difícil y planteaba dilemas más profundos: ¿se habría equivocado al educarnos? Mi recién iniciada carrera de letras y las aficiones musicales de Federico no parecían los caminos más adecuados para lograr un lugar importante en el mundo. Tal vez había llegado el momento de detenerse a pensar.

Eso fue al menos lo que leí en sus ojos en el silencio que siguió a la despedida de nuestro tío. Y tal vez algo de nostalgia por aquella vida remota que su hermano había traído repentinamente a casa y de la que ella nunca hablaba. Porque, a diferencia de la abuela Josefa, a quien tanto le gustaba hablar del pasado y que nos había contado una y otra vez la historia frustrada de cada uno de sus hijos —no había historia que para la abuela no fuese frustrada, pero eso no parecía dramático; le permitía sentir piedad—, mi madre nunca hablaba del pasado. La vida anterior al encuentro con nuestro padre parecía no contar.

Pero el tío Enrique había mencionado a sus padres. Después de abrazar a nuestra madre y observarnos a nosotros, había hablado de ellos, casi como si estuvieran allí y en un par de frases supimos que ése había sido el sueño del abuelo: regresar a España. Bien, pues ya estaban los dos aquí, a este lado del mar. Los abuelos se alegrarían si los pudiesen ver.

El tío Enrique empleaba un lenguaje muy directo, un poco infantil, tal vez lo hacía intencionadamente, tal vez era una de esas personas que creen que a las mujeres y a los jóvenes hay que hablarles de forma muy sencilla. Más tarde comprobé que hablaba siempre así y que en cierto modo era porque él era sencillo.

—También papá era un intelectual —dijo en un momento dado.

Mamá asintió. ¿Nos había dicho alguna vez eso de su padre?

—El abuelo era un intelectual —dije, repitiendo las palabras del tío Enrique, cuando nos quedamos a solas con mi madre.

—Se pasaba el día leyendo —contestó (y por su tono comprendí que no era en su padre en quien estaba pensando)—. Periódicos, revistas, libros. Todo lo que se refiriera a España. Decía de sí mismo que era un intelectual frustrado. Es curioso que Enrique haya salido así —añadió, sorprendida—. Papá vivía un poco en las nubes. En cambio, él siempre tuvo una mente muy práctica.

Como si fuera eso lo que ella requiriera en aquel momento, nos miró, interrogante.

—Tal vez debiéramos cambiarnos de casa —dijo.

La mirada reprobatoria que su hermano había paseado por nuestra casa la había afectado. Contempló la habitación como si la viera por primera vez. Era inútil que discutiéramos con ella. La irrupción de su hermano había supuesto una conmoción. Encendió un cigarrillo y contempló el humo que ascendía lentamente hacia el techo.

—Nunca he pensado seriamente en vuestro futuro —declaró, con un matiz de perplejidad en el fondo de su voz—. Nunca he pensado en el futuro.

—Ha debido de tener un complejo de Edipo tremendo —me dijo Federico por el pasillo, algo después.

Se había comprado las Obras Completas de Freud y quería ser psicoanalista. Cada año quería ser una cosa y cada cosa parecía la definitiva. Durante unos meses nos trataba de adoctrinar. Ahora lo sabía todo sobre los complejos de Edipo. Por supuesto, todos lo teníamos, aunque nuestro caso era muy especial, porque, como papá había muerto tan joven y apenas lo recordábamos, nos habíamos encontrado con el Edipo aparentemente resuelto. Eso había sido nuestra coartada y era nuestro trauma recóndito, del que sería difícil librarnos.

—¿No te has preguntado nunca cómo hubiera sido nuestra vida si no hubiera muerto papá? —me preguntó, tumbado sobre su cama, sin desvestirse—. ¿Qué clase de padre hubiera sido? Tú no lo valoras mucho como escritor. —Me miró fijamente, porque quería ser penetrante y despiadado—. Y no parece que tuviera muchas cualidades musicales. Simplemente, lo hemos suprimido y hasta cierto punto mamá nos ha ayudado mucho. Cuando habla de él emplea un tono irreal, como si dudara de que hubiera existido. A fin de cuentas, no llegaron a vivir muchos años juntos. Se casó con él porque le recordaba al abuelo y a sus aspiraciones de escritor —no se detenía ante nada—, pero ha prevalecido el recuerdo del abuelo. Todo lo que ella es, es su padre —concluyó, un poco tembloroso, pero satisfecho de sus capacidades analíticas.

Como no le contesté (estaba ordenando mis libros y sólo le miraba de vez en cuando), siguió:

—Ha utilizado el recuerdo de papá como excusa para mantenerse al margen de todo, para vivir al día. Pero es que es incapaz de vivir de otra manera. Es perfectamente inmadura. No puede hacer planes.

—Todas las mujeres son inmaduras —le dije, al fin, volviéndome hacia él, dispuesto a acabar con esa conversación—, y casi todos los hombres también. No hace falta leer a Freud para llegar a esas conclusiones y no creas que todo queda perfectamente explicado sólo con Freud.

Me irritaba el tono de superioridad de Federico. Pero yo había pensado en todo eso muchas veces. Nuestra madre no nos había transmitido con claridad una admiración incondicional hacia nuestro padre, aunque hablara mucho de sus éxitos. Pero me resistía a juzgar la vida de mi madre, tal vez porque me sentía más implicado que Federico. Al fin y al cabo, nuestro padre había sido escritor, no músico.

Entretanto, el tío Enrique pensaba por nosotros. Desde el mismo día en que sacó a mi madre a la calle para almorzar, la incluyó en sus proyectos. Quería buscar un piso para su familia y un piso para nosotros (quería sacarnos de nuestro piso de la calle Blasco de Garay), en la misma casa, en una buena casa. En un par de meses, para la primavera, llegaría el resto de la familia: su mujer y sus dos hijos.

Nuestra madre empezó a pasar la mayor parte del día fuera de casa. Entre visita y visita a los pisos, almorzaban, entraban en una tienda, y compraban algo. Siempre estaban comprando cosas. Mi madre regresaba cargada de paquetes y bolsas de cartón brillante. Al tío Enrique le entusiasmaba ir de compras, porque él mismo era un comerciante. Disfrutaba de ese momento cumbre del intercambio: cuando el comprador escoge y paga y el dependiente envuelve y cobra. Como era generoso, empujaba a mi madre hacia el interior de las tiendas más lujosas, cuyos escaparates apenas se atrevía a mirar tímidamente. Nunca había sufrido por no tener todos esos objetos buenos y caros que se exhibían con tanta elegancia. No tenía inclinaciones consumistas, pero el tío Enrique la lanzó. Rondaba los cuarenta años y, como sucede con toda persona obcecada, su aire era enigmático y joven. En las tiendas estaban encantados con ella, la obligaban a probarse, a llevarse, a completar, bajo la mirada de aprobación de su hermano, que parecía un amante entusiasmado.

Tuvimos que cambiar nuestra opinión sobre el tío Enrique, no por los regalos a nuestra madre, que nos producían cierta inquietud, aunque ella estaba mejorando, sino porque, a pesar de su fuerte componente pragmático, materialista y despreciativo hacia todo lo que no significase ganar dinero, era tremendamente simpático. Y consiguió una cosa, que jamás había sucedido en nuestra casa: la impregnó de un aire de familia. Le extrañaba todo cuanto hacíamos o decíamos, pero nos aceptaba abiertamente, sin ninguna suspicacia: éramos los hijos de su hermana. La familia era para él algo sagrado, indiscutible. A última hora de la tarde, estaba siempre allí, entre nosotros, ¿en qué otra parte podía estar? Y, si no tenía una cena de negocios, se adaptaba a nuestra nada ordenada costumbre de ir a la nevera y prepararnos cada uno lo que más nos apeteciera con lo poco o mucho que allí encontrásemos. A él le divertía, porque le divertía todo lo que supusiera bullicio familiar. Por lo demás, eso era lo que hacían los gringos, decía, de todos modos asombrado: se preparaban ellos mismos la comida. No sólo las mujeres, ¡los hombres!

—Esto es la revolución, pero hay que adaptarse, hay que adaptarse a los nuevos tiempos —decía, satisfecho de los tiempos y de su propia capacidad de adaptación.

Y eso fue lo que nos lo hizo cercano: su capacidad de adaptación. Había triunfado gracias a su tesón y a la suerte (decía con frecuencia), no le importaba confesar su vasta ignorancia y no se escandalizaba de nada. Era un hombre del presente y estaba convencido de que todos lo eran o, al menos, de que lo eran los que triunfaban, los que merecían la pena. No sabía lo que era el resentimiento. Había llegado a España cuando ya Franco, el gran enemigo de su padre, había muerto, y jamás se refería a él, como si nunca hubiera existido. Consiguió la nacionalidad española y disfrutaba al decir España y español, como si alguien le hubiera privado de hacerlo durante mucho tiempo. Esa era, posiblemente, la herencia del abuelo, plasmada en él en esa para nosotros sorprendente satisfacción que le daba la adquisición de nuestra ciudadanía.

La primavera se acercaba y su familia, su mujer y sus dos hijos —Bárbara y Hércules, más pequeños que nosotros— pronto se encontrarían en Madrid, instalados en el piso que el tío Enrique había comprado (sin lograr convencer a mi madre de que se trasladase a su lado) en pleno barrio de Salamanca, porque había oído decir a su padre que allí era donde vivían los ricos, los de toda la vida. Nada de la Castellana, nada del Madrid viejo, ni de un chalet en las afueras.

Había venido a casa a tomar café, en una de aquellas visitas inesperadas que acabaron haciéndose habituales. Se dejó caer sobre el sillón y dijo, cosa rara en él, que estaba muy cansado.

—En realidad, estoy preocupado.

Yo había cerrado los ojos, pero ante semejante frase los abrí y vi, en efecto, a un tío Enrique abatido, triste. Me miró.

—Sobrino —dijo—, la vida no es lo que parece. Bueno, tú lo sabes, tú que quieres ser escritor.

Debí de devolverle una mirada de asombro, porque hizo un gesto en el aire y siguió:

—¿Qué creías?, ¿que los empresarios no tenemos sensibilidad? Ya sé lo que pensáis los intelectuales, ya sé. Que huimos de nuestra conciencia, que somos unos brutos, pero hay algo aquí dentro, ¿sabes? —se golpeó el pecho a la altura del corazón—, algo que ningún hombre de verdad puede controlar.

Fue mi madre quien reaccionó:

—Pero, ¿qué te pasa? —preguntó, un poco sobresaltada.

—Estoy en una situación difícil —dijo él.

Costaba pensar que el tío Enrique estuviera en una situación difícil.

—Las mujeres —siguió— son como chicos mal educados.

Mi madre me miró, no sé si como mujer o como madre que no había sabido educarme. De todos modos, no era el momento de pensar en nosotros. Era el tío Enrique quien tenía un problema.

El problema se llamaba Chichita. El tío Enrique nos había hablado mucho de ella, e imagino que sobre todo en aquellas visitas a tantos pisos a las que le había acompañado mi madre, no habría parado de hablar de si le gustaría ese cuarto, esa orientación, esa distribución. Deseaba sorprenderla y la temía. Chichita —María de la Concepción— era una mujer fabulosa —ése era uno de los adjetivos que más utilizaba—, del tipo de las dominantes: «Le gusta mandar», había dicho el tío Enrique muchas veces. Pero ahora nos dijo otra cosa:

—Los chicos no son míos.

El tío Enrique mordisqueó su gran puro, dio lentas chupadas. Nosotros permanecimos callados.

—Los quiero como si fueran míos, claro está. Los he reconocido y ellos no sospechan nada. Todo eso pasó, por supuesto. Fueron malos momentos para todos. Hay que olvidarlo, pero a veces... —se interrumpió, miró a mi madre, me miró a mí—. No sé cómo se va a encontrar Chichita aquí. Es una mujer que... —suspiró, sin saber cómo completar la frase—. Supongo que ha estado muy mimada. El caso es que me preocupa. En su última carta he notado algo raro. Como si no quisiera venir. Es una mujer muy insegura. Necesita muchos apoyos. No sé si soy capaz de darle todo lo que necesita.

El tío Enrique se pasó la mano por la frente.

—Tal vez sean cosas mías, pero quería decíroslo. Me gusta que lo sepáis. Sois mi familia.

Tras esa importante declaración, y sin esperar muchos comentarios de nosotros, que nos habíamos quedado sin habla, se despidió.

—¡Vaya adquisición! —comentó por la noche Federico, levemente compadecido de nuestro tío, pero, sobre todo, curioso: se le presentaban buenas perspectivas para sus análisis.

Lo cierto era que, conforme la venida de su familia se aproximaba, nuestro tío se iba mostrando más apagado. Los negocios iban bien, nos tranquilizaba (porque al verle preocupado, le preguntábamos), las cosas marchaban todavía mejor de lo que había esperado, pero su ánimo había decaído.

—Es posible que sea el efecto de la primavera —dijo mi madre—, pero creo que es por ella: le tiene miedo.

Sin embargo, el tío Enrique, puede que para ahuyentar sus temores, hablaba mucho de la primavera. Su padre le había hablado con entusiasmo de la luz de Madrid. Ante nosotros se mostró aquella faceta sensible de nuestro tío, capaz de recrearse en cosas tan etéreas y cambiantes como la luz de la primavera.

Mientras tanto, la abuela, que había seguido de lejos el movimiento que había producido a nuestro alrededor el tío Enrique, se torció un tobillo y por primera vez en mi vida, la vi enferma y deprimida, porque tenía que guardar reposo. Tuvo que renunciar a su infatigable labor en la casa.

—Precisamente ahora que empieza el buen tiempo —se quejaba, porque en la primavera solía acompañar al abuelo al Retiro.

Yo la había ido a visitar porque hacía varios domingos que no comía en su casa y me transmitía mensajes de lamentación a través de Federico, que se las arreglaba para ser un perfecto cumplidor.

—Ya lo sé —me decía, benévola, aceptando todas mis disculpas—. Ya sé que tienes muchas cosas que hacer. Claro.

Repetía mucho esta palabra. Siempre había querido que a su alrededor todo fuese muy claro. Sin embargo, daba la impresión de que, después de tanta lucha, con aquella caída traicionera, se habían derrumbado muchas otras cosas. Estaba inmovilizada y la casa no estaba tan ordenada como de costumbre porque Modesta, que tenía su edad, pero nunca había sido tan ágil como ella, no podía con todo y el tío José María jamás dejaba un cenicero en su sitio y no recogía su chaqueta y desbarataba el periódico: eso era lo que le ponía más nerviosa. Sacaba un par de páginas, no se sabía por qué, doblaba otras y al final el periódico quedaba desperdigado por todo el cuarto. Y allí estaba ella ahora, contemplando ese desorden, con sus pies sobre un taburete y una pierna vendada, sin poder hacer nada por remediarlo y sin poder acompañar al abuelo en sus paseos.

Le pregunté por qué no había llamado a la tía Mercedes, a quien siempre daban permiso en el convento en momentos así, pero no me dio ninguna respuesta satisfactoria y por comentarios que hizo después comprendí que, ya que no podía hacer en la casa lo que habitualmente hacía, prefería que no lo hiciera nadie. Esa era su intolerancia y el fondo férreo de su carácter. Prefería la soledad a la aceptación de sus limitaciones.

En aquella ocasión, y por eso pensé que no era sólo el tobillo lo que se había quebrado con aquella caída, me preguntó mucho por mi madre. Obligada a la inmovilidad, pensaba, me dijo, en nuestro futuro y se alegraba de que el tío Enrique hubiera decidido instalarse en Madrid. Eso era un gran apoyo para nuestra madre, porque lo cierto era que, debido a su orgullo (el de mi madre, del que nunca hasta entonces la abuela había hablado), no había disfrutado de muchas comodidades. Hasta podía haberse vuelto a casar.

—Yo lo hubiera comprendido —musitó—, sé lo difícil que es la vida para una mujer sola. Y no le hubieran faltado proposiciones a tu madre. —Me miró como preguntándose si yo tenía edad suficiente como para estar hablando con ella de los posibles pretendientes de mi madre, pero al fin siguió, porque estábamos solos y si no hablaba de ello conmigo no lo haría con nadie.

—El mismo José María —dijo y yo al principio no entendí que ese José María era el tío José María—. Nunca se ha atrevido. Y hubiera sido bueno para todos. La vida hubiera resultado más sencilla. Pero tu madre es tan orgullosa (insistía de nuevo en el orgullo y me sorprendía: mi madre era indolente y ensimismada, pero a mí no me parecía orgullosa). Se fue desanimando. Claro.

Me miró para comprobar que yo estaba a la altura de la conversación. En realidad, no lo estaba, pero tampoco podía replicarle. La imagen que yo tenía del tío José María no era la de un tranquilo pater familias. Sus borracheras nocturnas habían acabado por ser conocidas por todos nosotros (menos por los abuelos) y cuando estaba sobrio, aun cuando continuaba siendo amable, casi encantador, con nosotros, no parecía exhibir demasiado sentido común. Pero la abuela acababa de hacerme una importante declaración: había estado enamorado de mi madre. Y recordé la nostalgia con que el tío Joaquín se refería a sus viejas correrías nocturnas, cuando los dos subían por las escaleras de la casa, tambaleándose y tarareando «María Dolores».

—Como tu madre —decía y se callaba, porque no le gustaba hablar de mujeres.

Lo que al tío Joaquín le gustaba evocar era ese tiempo anterior a su matrimonio. Allí estaba, acaso, localizada la felicidad: en las bromas a sus abuelos y la complicidad con su hermano, a quien admiraba fervientemente.

La abuela suspiró.

—De todos modos —concluyó sensatamente—, nunca sabemos lo que es mejor para las personas.

E imaginé que ella tampoco veía con la claridad deseada el cuadro familiar presidido por el tío José María.

Regresé a casa andando en un largo paseo que me remitió a las remotas mañanas de domingo, cuando Esperanza, la cocinera, que ya no se encontraba entre nosotros, nos llevaba a casa de nuestra abuela y, como temía las aglomeraciones del metro, nos obligaba a caminar a paso rápido para salvar esa distancia, de todos modos no excesiva.

Ese trayecto que tantas veces había recorrido en el otro sentido (de la calle Blasco de Garay a la de Castelló), y siempre deprisa, lo hice ahora lentamente, a la luz dorada de la tarde que tanto había recordado nuestro abuelo materno desde México. Y tal vez porque lo hacía al revés o porque venía de dejar a la abuela, inmovilizada y nostálgica, sentí que yo también había dado la espalda a muchos tiempos muertos, intrascendentes y felices, como los buenos recuerdos de mi abuela. Al fin y al cabo, yo conocía bien esas calles y esa luz. Habían cercado mi infancia; estaban al otro lado de las habitaciones pobladas de humo, lágrimas y mujeres. Esa vida que se escapaba para mi abuela se escapaba también para mí. Por primera vez, me sentí incapaz de apreciar todos los bienes que seguramente había sobre la tierra. Aquella primavera que tantos cambios había introducido en nuestra vida y que demostraba la tenacidad de la vida me mostraba también su faceta implacable. La abuela se lamentaba de su inmovilidad y yo, sin ninguna razón y casi sin solidaridad (me había conmovido, pero incluso en esa situación, la abuela no inspiraba lástima), me sentía inmovilizado también. Dentro de mi mundo, sofocado en mis propias preocupaciones, demasiado inconcretas. Y presentí que no sería fácil librarme de esa inquietud.

Mientras subía en el ascensor camino de nuestro piso, me dije que tenía que conseguir averiguar algo más acerca de las hipotéticas pretensiones del tío José María a la mano de mi madre, tan sorprendentemente mencionadas por la abuela.

De todas las amigas de mi madre, sólo una, Matilde, conocía a mi familia paterna. Matilde vivía inmersa en irremediables problemas domésticos y era incansable cuando se ponía a hablar de ellos. Sus hijos despreciaban al padre (más o menos lo decía así) y ella siempre estaba haciendo favores a la gente por si acaso a alguien se le ocurría devolvérselos. Conocía a los Arroyo porque ella también había vivido en el barrio de Salamanca. Los había visto miles de veces en la misa de doce de los domingos en la Iglesia de la Concepción. Y decía de mis tíos y de mi padre que llamaban la atención:

—Tan guapos, tan elegantes, todas las chicas del barrio andábamos tras ellos.

—Pero están siempre borrachos —dijo Federico una vez, para ponerla a prueba y para indagar, porque los tíos excitaban nuestra curiosidad y teníamos muy pocos datos.

—No digas eso de tus tíos —protestó Matilde—. Todavía no conocéis lo que es la vida. Vuestros abuelos han tenido que sufrir mucho. Todo ha sido dificultades y tragedias. Las chicas, mira, una muerta y otra monja. Y los chicos, bueno. Vuestro padre, nada. —Movió la cabeza apesadumbrada, porque ese nada significaba muerte, palabra que no quería nombrar de nuevo—. Y los otros demasiado tímidos. Apenas se atrevían a mirar a las chicas. Y eso tenía que acabar mal. Las mujeres no merecemos tanto la pena. No hay que darnos tanta importancia.

Como siempre acababa en consideraciones de este tipo, lo único que conseguíamos saber era que en su juventud nuestros tíos habían sido elegantes, tímidos y solicitados. Veíamos su imagen en la Iglesia (los Arroyo ocupaban todo un banco, decía Matilde) y nada más. Pero me hice el propósito de interrogarla ahora que había vislumbrado un nuevo nexo entre los tíos y mi madre.

—¿No conociste a la novia del tío José María? —le pregunté por sorpresa, en un momento en que mi madre no podía oírnos.

Me miró desconcertada, como si hubiera sido cogida a traición. Lanzó una mirada hacia mi madre, como para asegurarse de que no nos oía.

—Nunca ha tenido novia. ¿Quién te ha hablado de ella?

—El tío Joaquín.

—Pero ya sabes cómo se ha quedado el pobre Joaquín. Qué extraño —miró hacia su interior—, ¿por qué lo diría? Los locos y los niños dicen la verdad.

Son los únicos. Tu tío Joaquín ha sido el hombre más guapo que he conocido —dijo después— y el más enamorado también. Cuanto tomaba un par de copas perdía toda su timidez. A mí también se me llegó a declarar. Creo que se declaraba a todas las mujeres en cuanto se sentía alegre. Y todas le creíamos un poco. Yo misma le creí. Nunca lo he contado. —Me miró, como calculando mi edad, de forma parecida a como lo había hecho mi abuela hacía unas horas—. Ni siquiera a tu madre, porque, bueno, a ella no le gusta que hablemos de eso. Son los hermanos de tu padre. Territorio sagrado. —Suspiró y vi un brillo de ironía (¿tal vez de ganas de vivir?) en sus ojos—. Pero me gustó mucho. —Volvió a mirarme y se decidió—. Bueno, tuve una aventura con él. Por eso, cuando supe lo que le pasó con Anita no me lo podía creer. Tu tío Joaquín era muy... —buscó la palabra y dijo—: Muy hombre, vamos.

—¿Y el tío José María?

Puso una mirada enigmática.

—De José tengo mis dudas, francamente.

Luego se rió.

—Nunca ha tenido novia, créeme —añadió y me lanzó una mirada profunda y segura.

—Hemos vivido tiempos difíciles —dijo después—. Hoy José hubiera podido ser feliz. Nadie se escandaliza de esas cosas. El mismo hubiera admitido sus problemas con naturalidad. Pero ya es tarde.

—Se entendía bien con mamá, ¿no?

Matilde volvió a suspirar, esta vez sin ironía, hasta un poco furiosa.

—Tu madre es otra historia. Ya tienes edad para darte cuenta de que es más rara que hecha de encargo. Le gusta que la quieran. Le gusta quejarse. ¿Qué otras cosas le gustan?

Debió de parecerle que era excesivo decirme esas cosas de mi madre, pero yo insistí y, como si hubiera sido Federico, dije:

—¿Crees que es maníaco-depresiva?

—¡Cristo!, qué lenguaje empleas —dijo—. No sé lo que es, es una persona rara. Más rara que la calentura —dijo, buscando otra comparación.

De ahí no la pude sacar.

—¿Y mi padre? ¿También era raro?

—¿Raro? —repitió, como si fuera la palabra lo que no comprendiese, ella que la había estado empleando todo el tiempo—. No, por Dios, nada de eso. Era el hombre más normal que he conocido. ¿Es que no has leído sus obras? Normal, ¿no? Así es la vida, como la pinta él. Cuando es normal, claro —añadió, levemente pensativa—. En lo único que se parecía a sus hermanos era en lo de la bebida. A él también le gustaba. Y aguantaba bien. Pero nunca lo vi borracho. Tu padre —concluyó— era un hombre alegre. Le gustaba la vida y todo le salía bien. «Conviertes en oro todo lo que tocas», le decían, y esa frase siempre está ahí, en sus obras. Una especie de rey Midas, siempre hay un personaje así, ¿te has fijado?

Me había fijado.

Me dije que le hablaría al tío Joaquín de Matilde, ¿se acordaría de ella? No temía apenarle, porque en la memoria del tío Joaquín parecían haberse quedado únicamente los recuerdos apacibles. Tal vez Matilde era uno de ellos.

—Cuando le veas —dijo ella en ese momento,

también pensando en el tío Joaquín—, dale recuerdos míos. Me pregunto si se acordará de mí. Tuvo muchas mujeres antes que Anita. Es curioso. Su vida acabó al conocerla. Debió de pensar que ella era distinta, superior. Pero todas somos iguales —volvía a su cantinela—, no hace falta beber para darse cuenta. ¿Merecía la pena sufrir tanto? ¿Crees que ahora piensa en las mujeres?

—La mayor parte del tiempo no piensa. Observa y calla. Cuando habla sólo habla de su hermano.

—Prefiero quedarme con el recuerdo que tengo de él —dijo, taxativa—. ¿Sabes lo que dijo Anita cuando se separaron? Que era un obseso sexual. ¡Cristo! Debió pasarlo mal, no digo que no. No es agradable que un borracho te intente forzar y luego no pueda y te acabe pegando y encima que sea tu marido. Pero ¡un obseso sexual! ¿Y quién no lo es, a fin de cuentas? Me pregunto quién de los dos lo pasaba peor.

La conversación con Matilde se interrumpió porque me llamaron por teléfono. Cuando terminé de hablar, ya se había ido.

Mabel, a quien nada se le pasaba por alto, me preguntó de qué había estado hablando, tan interesado, con Matilde.

—De los tíos. Ella los conoció —dije, porque era mejor dar una explicación a Mabel.

—Sea como sea ella siempre acaba hablando de sexo. Se ha estropeado mucho, pero fue una mujer de éxito. Un poco tirada, ¿no? —Se rió y miró a mi madre, que se encogió de hombros—. Bueno, tuvo un lío con todo hombre que se le puso por delante. Y ha sacado de algún apuro a su familia con sus viejos recursos. Todo es lícito, desde luego, pero es una mujer sin estilo, vulgar.

Mabel nunca había presumido de bondad.

A pesar de que me había hecho el propósito de mencionar el nombre de Matilde al tío Joaquín, no llegué a hacerlo.

La abuela había recuperado parte de su agilidad, pero ya no era la misma. Después de la torcedura del tobillo y del período de inmovilidad que le había seguido, había perdido fuerzas y vitalidad. Durante el verano, había estado en la finca de Elda. Sus hijos también habían estado. Al tío Joaquín lo llevaron directamente del sanatorio, donde cada vez pasaba más tiempo, y el tío José María fue un par de semanas, cuando ya la familia estaba instalada. De forma que, pese a todo, la abuela estaba contenta.

Pero el otoño trajo un duro golpe. El abuelo llamó a casa. Habían avisado del hospital: el tío Joaquín se moría.

Vi a mis abuelos en la sala de espera fuertemente iluminada, a punto de enfrentarse con una nueva muerte, y todavía me sonrieron con sus caras asustadas y fantasmales. No había venido el tío José María.

—No ha podido venir —murmuró la abuela—. No hace más que llorar.

El abuelo se colgó de mi brazo, como si fuéramos a dar un paseo, y temí que fuera a sacar caramelos de su bolsillo, pero ahí se quedó, agarrado, incluso cuando nos volvimos a sentar. Miraron a mi madre, emocionados, porque no se hubieran esperado que viniera, pero no tenían ya mucho que decirse.

—De un momento a otro vendrá Enrique, mi hermano —dijo mi madre.

—Tu hermano, claro —dijo la abuela—. Me alegro. Vino ya su mujer con los chicos, ¿verdad?

Sabía todo eso por Federico.

—Creo que viven en un piso precioso, muy grande —dijo al abuelo, que asentía y que me apretó el brazo un poco más, como si los dos supiéramos algo relativo a los pisos grandes.

Bien sabía Dios que a mi madre ese piso le parecía espantoso, como todo el gusto de Chichita, pero no era el momento de decirlo, de forma que ahora le tocó a ella el turno de asentir.

—Muy grande —dijo, como si estuviera pensando en otra cosa.

—Hija mía —dijo la abuela al cabo de un rato y todos la miramos porque parecía que iba a hacer una declaración importante, pero se calló abruptamente, miró al frente y dijo—: Ese debe de ser tu hermano.

La puerta de cristales se abrió y entró el tío Enrique. Se inclinó sobre mis abuelos, los rodeó con sus brazos y, al fin, él tomó algunas decisiones. No consiguió que los abuelos se fueran a casa, pero obligó a mi madre a retirarse y a Federico a acompañarla y, por lo demás, él se encargó de todo, de todos los incómodos y sórdidos detalles que rodean a la muerte. Los abuelos y yo no hicimos más que observar y seguirle.

—Es mejor que te quedes esta noche con ellos —me dijo—. Yo volveré con tu madre.

Todo lo organizaba bien y el abuelo no parecía dispuesto a soltarme, de manera que era sensato seguir sus instrucciones. Fui con los abuelos a su casa y los dejé en su cuarto. Estaban silenciosos y agotados.

Fui a la sala, que nunca se utilizaba, porque allí estaba el tío José María. Caía la tarde. El salón, iluminado por una sola lámpara, estaba casi en penumbra. El tío José María estaba sentado en la gran butaca donde su hermano solía sentarse en las temporadas que pasaba en casa. Aquel cuarto había sido siempre una zona inaccesible de la casa, casi prohibida, porque la abuela lo había ido llenando de frágiles y delicados objetos. Las mesas, las consolas, las repisas: todo estaba cubierto de cajas, vasos de cristal, figuras de porcelana, fotografías enmarcadas. Al tío Joaquín, cuando venía del hospital, se le permitía estar allí, tal vez porque era capaz de pasarse muchas horas, quieto y silencioso, contemplando aquellos innumerables objetos. Había sido su conquista de loco: aquella sala que la abuela apreciaba tanto. El tío José María, que no había pasado una sola tarde de su vida acompañando a su hermano, el día de su muerte se había instalado en la sala, ocupando su puesto. Su mirada se dirigía hacia un punto invisible de la alfombra. Cuando entré, alzó los ojos.

—¿Lo has visto? —me preguntó.

Negué con la cabeza. No había querido verlo. Los abuelos habían entrado en el cuarto y lo habían contemplado, pero ellos eran fuertes y sabios y habían resistido muchas batallas.

—Nunca más lo veremos, ésa es la verdad —dijo.

Tenía la voz que tienen los viejos borrachos. Una voz rota, llena de alcohol y de problemas. De muchas cosas que habían acabado antes de aquel día, pero que se agolpaban en ese instante. Como los borrachos, hablaba más para sí mismo que para mí.

No sé cómo decidí que ya que iba a pasar la noche con él, también tenía que beber. Pero yo no sabía que uno pudiera ponerse verdaderamente enfermo bebiendo. Llegué a encontrarme tan mal que pensé que iba a morirme y me asusté. Creo que lloré y grité, hasta que el tío José María se dio cuenta de mi estado y me llevó a rastras a la cama.

Me desperté en el cuarto del tío José María. El sol me daba en los ojos y me dolía terriblemente la cabeza. Pero por más que fuera mala mi situación, la del tío José María parecía peor. Yo, al menos, estaba acostado, mal que bien, metido entre las sábanas. Pero el tío José María estaba en el suelo. Apoyaba la cabeza en un cojín de la butaca y parecía imposible que no se le estuviera rompiendo el cuello. El espectáculo era lamentable, así que volví a cerrar los ojos, porque no podía salir corriendo del cuarto, que era lo que me hubiera gustado hacer. No podía mover ni un milímetro la cabeza sin sentir un dolor de muerte.

Cuando volví a abrir los ojos, apenas había luz detrás de la cortina. Hice un esfuerzo por razonar. Debía de ser por la tarde. El cuarto estaba en penumbra. Busqué con los ojos el cuerpo dormido y desbaratado del tío José María en el suelo, pero ya no estaba allí. Me incorporé. Las sábanas estaban sucias. Evidentemente, mi borrachera había sido escandalosa. Todavía sentía peso en la cabeza y una sequedad de polvo de desierto en la boca. Torpemente, fui al baño, me duché y me puse un albornoz. Mi ropa no se podía utilizar tal como estaba. Salí al pasillo. De la sala venía un rumor de voces.

Hice mi aparición en la sala, pero cuando vi que estaba llena de gente, volví a salir. Me sentía torpe y cansado y no me apetecía nada esa reunión. El tío Enrique salió de alguna parte y me cogió por los hombros.

—Te he traído ropa limpia —dijo—. Tu abuela nos llamó y nos contó cómo estabas. ¿Qué tal te encuentras?

Seguía teniéndome cogido por los hombros, apretado contra su cuerpo.

—Estoy mejor —conseguí decir—. Supongo que me emborraché. Sólo recuerdo que me quería morir.

—Una mala borrachera es algo por lo que hay que pasar —dictaminó.

La puerta de la sala volvió a abrirse. El tío José María vino hacia nosotros. No era el hombre que había visto yo sobre el suelo, pero no tenía un gran aspecto. Se pasó su mano por los ojos en un gesto que duró mucho tiempo y luego la posó sobre mi brazo. Creo que hubiera querido hablar, pero sea como fuere no dijo nada. Siguió andando por el pasillo en dirección a la puerta. Una vez más, salió de casa, dejándonos a todos a sus espaldas.

—Está hundido —dijo el tío Enrique—. Qué familia más desgraciada. Anda, ve a cambiarte y te llevamos a casa. Tu madre está allí, en la sala.

No la había visto cuando abrí la puerta. Ni a ella ni a nadie. Había visto gente y humo.

Fue la abuela quien surgió entonces en el pasillo. Me cogió del brazo silenciosamente y me llevó al cuarto del tío Joaquín. Allí estaba la ropa, preparada sobre la cama. Me dio un beso y me dejó.

Cuando volví a aparecer en el pasillo, me esperaban los demás: el abuelo y mi madre.

—Tiene que comer más y estudiar menos —dijo el abuelo a mi madre.

Camino de casa, me contaron que el tío José María, cuando yo me había puesto a llorar y a dar alaridos, había llamado al sereno, su viejo amigo, para que le ayudara a llevarme a la cama. Entre los dos me habían acostado. Vi en mi interior esa escena, porque me la habían contado muchas veces, sólo que, insospechadamente, estaba incluido en ella. La casa silenciosa, hundida en la noche, y aquellos rumores de pasos por las escaleras y el pasillo. Ruido de puertas, algo que se cae y ese barboteo del borracho, esas palabras indescifrables, esa desesperación.

DIAS FELICES

Federico había pasado el verano en Marbella, con los tíos. Y con Bárbara y Hércules, nuestros primos. Desde el primer verano, habían pasado las vacaciones con ellos. Nos invitaron a todos, pero él fue el único que aceptó y repitió.

En Marbella se había encontrado con Chicho Montano, que había sido compañero mío durante los años escolares, sin llegar nunca a la amistad. A Chicho lo conocíamos sobre todo por la tienda de su padre, frente a la casa de los abuelos.

«Esta tienda es del padre de Chicho Montano», dijo alguien una vez, señalando un escaparate pequeño colmado de las cosas más variadas.

Y se nos quedó la costumbre de decirlo: «la tienda del padre de Chicho Montano», en cuanto la veíamos, antes de cruzar la calle y entrar en el portal de los abuelos. El caso era que habíamos pronunciado mucho ese nombre: Chicho Montano, y aunque la persona que lo llevaba era bastante ajena a nosotros, el nombre nos pertenecía.

—Se ha instalado en Marbella, vive con una chica

guapísima y ha puesto una tienda, más pequeña aún que la de su padre, pero de moda. Para chicas, quiero decir. Y aunque te parezca mentira, le van bien las cosas. Pregúntale a Bárbara. A ella le encanta la tienda y hasta le encanta Chicho —me dijo Federico.

No me lo hubiera esperado, pero todo puede pasar. Chicho Montano, en el colegio, era un personaje más bien oscuro y hasta un poco exasperante. Nunca había sido muy amigo mío. A Chicho todo el mundo le miraba con condescendencia, pero yo siempre envidié el diminutivo por el que se le conocía y que me sugería, por inexplicables razones, una conducta irresponsable por su parte y una complacida tolerancia por parte de los demás.

Porque eso era exactamente lo que sucedía con Chicho. Por lo que más se distinguía era por su incansable afición a molestar. Nosotros, sus compañeros, éramos el constante objeto de sus bromas, si es que podían calificarse así aquellos actos carentes de toda gracia que Chicho parecía abocado a realizar. Lo que más le gustaba era lanzar pequeñas bolas de papel a nuestras espaldas que, en el peor de los casos, rebotaban en el cuaderno donde se estaban pasando a limpio los deberes, emborronándolos. Pero ya podía uno volverse irritado hacia Chicho, insultándole, amenazándole y haciendo extensivos los insultos y amenazas a su familia, que Chicho no se inmutaba. Es más, sonreía, seguramente orgulloso de unos dientes blancos, relucientes, que nuestros maestros ponían de ejemplo. Y nuestros maestros tampoco se salvaban de sus estúpidas bromas, aunque, curiosamente, ellos eran más pacientes. Desde su posición de educadores debían percibir que no eran fruto de una profunda malicia. A nosotros, ¿qué nos importaba? Chicho molestaba, molestaba siempre.

—Lo veíamos de vez en cuando. A él y a la chica. Impresionante. Digo la chica.

Si Federico decía que era impresionante, es que lo era.

—De hecho —siguió—, casi les veíamos todos los días. Por las noches, en realidad, en Max.

Lo miré, interrogante.

—Una discoteca —explicó.

Ese había sido el verano de Federico. Mucho sol, mucha discoteca y mucho Hércules, Bárbara y Chichita.

En cambio, mi madre apenas veía ya a Chichita. Como Federico y como yo mismo, ella también había sido invitada a Marbella (curiosamente, aquel año aceptó la invitación de la abuela y fue a Elda un par de semanas), pero Marbella era el último lugar al que le hubiera apetecido ir y mucho menos con Chichita.

Las relaciones de mi madre con Chichita, que al principio habían sido buenas, se habían ido enfriando. Chichita cansaba en el mismo momento en que su belleza dejaba de deslumbrar. Era estupenda, y uno se quedaba impresionado cuando la tenía delante, pero no dejaba de hablar y se las arreglaba para entusiasmarse con asuntos tediosos e insignificantes. Jamás la oí hablar de algo que mereciera la pena. De forma que uno no se podía quedar contemplándola tranquilamente. Había que huir de ella. Si Federico la soportaba era porque, estando ella, siempre hablaba él. No sé cómo conseguía hacerla callar. Lo cierto era que Chichita lo miraba con veneración.

Recién llegada de México, venía todos los días a

casa y, como había hecho su marido meses atrás, se llevaba a mi madre de compras. Iba siempre cargada de muestras de tapicería y revistas de decoración y le gustaba pedir consejo a todo el mundo para, acto seguido, defender sus opiniones e imponerlas. Al principio, mi madre se dejó llevar de un lado a otro de Madrid dentro del Jaguar color cereza que el tío Enrique había comprado a Chichita y donde se desarrollaba un incesante monólogo cuyos asuntos principales giraban en torno a cortinas, toallas, delantales y, todo lo más, muebles y juegos de café.

—Ella piensa que sus cosas me interesan, que me incumben. Lo da por sentado —decía, de regreso a casa.

Para mi madre, lo normal era hablar de actores, de gestos, de modulaciones de la voz.

Cuando la época de las compras y las consultas se fue pasando (nunca pasó del todo para Chichita) y la casa se llenó de muebles, alfombras, cortinas, espejos, cuadros (horribles), Chichita quiso emplear sus adquisiciones, sus juegos de té, los uniformes de las doncellas, para agasajar a sus amistades. Fue entonces cuando mi madre le falló.

Acudió a una de esas meriendas y volvió agotada y triste.

—Puede que eso sea lo normal, pero no me interesa —decía, dándole vueltas al problema de la normalidad, que le había empezado a preocupar desde la llegada de su hermano.

Pero tomar el té frente a una mesa cubierta con un inmaculado mantel bordado, sobre el que flotaba un mar de porcelana y plata, de bandejas de emparedados, bizcochos y pastelillos, le enturbiaba la vista.

Había tomado muchas tazas de té y de café, con o sin plato, tendida sobre la cama, de cualquier modo, sin ninguna formalidad.

Cuando Chichita la volvió a invitar, dijo que no se encontraba bien. No se le ocurrían otra clase de excusas. Esa le había servido hasta entonces. Pero Chichita le dijo a Federico:

—Lo de tu madre es una enfermedad. Pero mental.

Lo de Chichita también era una enfermedad mental. Hubiera querido que mi madre le prestara todo su apoyo y se adaptara totalmente a sus costumbres y a sus gustos. En el fondo, necesitaba sentirse aceptada, querida y admirada. Ni mi madre ni ninguna de sus amigas, a quienes Chichita miraba con desconfianza y un desprecio mal disimulado, podían darle esa aprobación incondicional. Ellas tampoco la tenían. En determinados momentos de sus vidas habían comprendido que tenían que vivir sin ella. Yo había oído algunas de sus conclusiones e intuía cuánto les había costado (y acaso les costaba) vivir así y hasta qué punto consideraban que tal vez su único valor y el de cualquier persona consistía en eso: en no pedir a los demás más de lo que podían naturalmente dar.

Esas eran las lecciones de la vida, a las que tantas veces hacían referencia. Aunque dijera Genoveva, suspirando: «Hay cosas que hubiera preferido no aprender.» Y todas estuviesen un poco de acuerdo con ella.

Desaparecida (más o menos) Chichita, el contacto se mantuvo a través de Bárbara, que organizaba sus planes con Federico. La banda musical de Federico le proporcionaba una constante materia para sus flirteos. Y Federico también obtenía ventajas: las amigas de Bárbara eran tan espectaculares como ella. Precoces, vistosas y siempre contentas.

—¿Qué tal el verano? —le pregunté, cuando me la encontré en el cuarto de Federico, esperando que llegaran más amigos para asistir juntos a un concierto.

Había pasado un par de meses en Oregón, con la típica familia americana, bebiendo coca-cola, tomando yogures de frutas y pasteles helados Sara Lee.

—¿Federico no te lo había dicho? —me miró, asombrada, porque para ella había sido importantísimo—. No he pasado en Marbella más que unos días, al final.

—¿Es que no ves lo gorda que estoy? —Se rió. Yo la veía morena y saludable—. Mi madre casi ni me conoce cuando me vio en el aeropuerto. Ya he adelgazado, pero todavía tengo que adelgazar más.

No sé por qué me acordé de Chicho Montano en aquel momento y lo mencioné. Bárbara se ruborizó.

—Ya me dijo que había sido compañero tuyo del colegio —dijo, en otro tono de voz—. Tiene una novia guapísima. Una de esas chicas muy delgadas, con tipo de modelo y mucho estilo.

En eso era como Chichita: no le importaba alabar la belleza de otras mujeres.

Salí del cuarto de Federico cuando empezaron a venir los de la banda. En total, contando a Federico, eran cinco. Tocaban cualquier cosa, aunque la transformaban en algo especial. Eso decían ellos y no les faltaba razón. No estoy totalmente seguro de si la destrozaban, pero quedaba muy especial, siempre más rápida y más estridente.

—¡Qué ritmo! —exclamaba Bárbara, cerrando los ojos y agitando su melena brillante y oscura a un lado y a otro de su cabeza.

Nosotros (la familia directa de Federico) no hacíamos nada de eso, no sólo porque no tuviéramos su magnífica melena sino porque, una cosa era aguantar la flauta travesera de Federico y otra muy distinta a toda la banda musical. La banda venía a casa a ensayar los domingos por la tarde. Era su tarde fija. Además, venía otras muchas tardes no fijas. El que viniera o no era el tema de conversación más frecuente que teníamos en aquella época Federico y yo. Por llamarle conversación.

Pero al fin se habían decidido a buscar un local donde ensayar todos los días. Se lo estaban tomando en serio. De momento, recolectaban dinero (y a mi madre y a mí no nos importó dárselo, con tal de quitárnoslos de encima), y leían los anuncios por palabras. Todo les resultaba demasiado caro o demasiado lejos.

En sus ratos de descanso, la banda se dedicaba a buscar un nombre. Más de una vez me llamaron para perder con ellos el tiempo así. Querían, o bien una frase del tipo: «¡No me olvides!», «¡Olvídalo!, «Naveguemos juntos por el pantano hasta que las nubes nos aterroricen», «Nubes terroríficas», «No pases miedo en el pantano», o algo que fuera muy poco, que no significara nada y que sonara bien. Como, por ejemplo: «Tas», o «Bli», o «Coc». Aunque parezca mentira, hasta yo me lo pasé bien inventando esas absurdas palabras y frases.

A propósito de la necesidad de la banda (de Federico) de tener un local donde poder ensayar tranquilamente y sin molestar a nadie, mi madre volvió a hablar de un posible cambio de casa. Lo ideal sería un chalet que permitiera habilitar el garaje. Algo así. El tío Enrique no se había dado por vencido y aprovechó aquella brecha (mi madre se lo comentó un poco a la ligera) para volver a la carga. Chichita podía haberse resignado a no contar con mi madre para sus distinguidas meriendas semanales, pero el tío Enrique no podía reprimir su desaprobación porque nos mantuviéramos en nuestra casa de Blasco de Garay como si estuviéramos defendiendo un inapreciable tesoro.

—Esta no es la forma de rendir homenaje a las personas queridas. Estás muy equivocada, Dolores —decía, porque imaginaba que la de mi madre era una postura romántica. Allí había sido feliz con nuestro padre.

Tal vez era así, pero además, le gustaba el barrio y sobre todo, no necesitaba más. Pero empezaba a pensar en nosotros.

—Mañana mismo te llamará un agente, vendrá aquí y te mostrará una lista de pisos. Y luego, te acompañará a visitarlos. No se hable más. El chico necesita un sitio donde ensayar. No se va a ir al quinto infierno. Y además, no es seguro. Se iba a pasar el día en metros y autobuses y Dios sabe a qué horas vendría a casa.

Ese era un buen argumento y mi madre accedió. El agente llamó al cabo de unos días, trajo una lista de pisos y se llevó a mi madre con él de un lado para otro de Madrid. Lo cual no dejaba de ser una novedad.

Me los encontré en la puerta de casa una mañana que había salido de clase antes de la hora acostumbrada. Hacía sol, casi calor. Uno de esos días suaves del otoño que, como un último favor, se ofrecen antes de entrar en el túnel del invierno. Había oído hablar del agente, pero nunca lo había visto y me quedé un poco asombrado mientras estrechaba su mano y mi madre me lo presentaba. No parecía un agente cuyo único cometido fuese el de mostrar pisos y convencer a los clientes, quieras que no. Busqué la palabra. Parecía un pretendiente. Eso era lo que parecía. En cuanto a mi madre, no supe qué pensar. Mejor peinada de lo habitual, vestida con la ropa que el tío Enrique le había regalado, seguía teniendo el aire lánguido que había cultivado tarde tras tarde. Pero allí, bajo el sol, no se sabía claramente qué era ese aire, si nostalgia o promesa.

Aparte del tío Enrique, pocos hombres se habían adentrado en nuestra casa. El marido de una de las amigas de mi madre, muy rara vez y siempre muy deprisa; don Antonio, que traía los sobres de la abuela (eso había sido superado: ahora se hacía mediante transferencias bancarias), apenas si había pasado del umbral. Y poco más. Por eso me había extrañado ver a aquel hombre (Rafael Baquedano, dijo mi madre) en la puerta de nuestra casa como si fuera algo normal.

A partir de ese momento, dejé de preguntarle a mamá por los pisos que visitaba y, significativamente, ella no daba el parte. Hasta que un día que ella habló de él, le pregunté:

—¿Es soltero?

—Sí —dijo únicamente.

Demasiado suave y demasiado poco.

Estábamos comiendo y Federico levantó los ojos y nos miró con extrañeza, como si por primera vez la historia se le hubiera escapado. Se nos había escapado a los dos.

Habíamos tardado en darnos cuenta de las intenciones del tío Enrique. Tal vez había sido idea de Chichita. Querían que mi madre se volviera a casar. Puede que también quisieran lo del piso. Pero era lo accesorio. Al fin y al cabo, si mi madre se casaba, lo normal es que se acabara cambiando de piso. Querían mejorar su posición. Asegurarla. No se les podía reprochar.

—¿Es verdad que es agente inmobiliario? —preguntó Federico, tratando de recuperar como fuese los hilos que había perdido.

—Pues claro —dijo mi madre.

—Dame su número de teléfono. Quiero hablar con él. Tengo que resolver cuanto antes lo del local. Si ensayamos fuerte durante todo el año, para el verano estaremos en condiciones de actuar. Tenemos algunas ofertas en perspectiva.

Mi madre le dio a Federico el número de teléfono de su pretendiente y debió de pensar que había que confiar en el destino.

Una vez que Federico entró en juego, lo hizo a fondo. Se entrevistó con Baquedano al día siguiente y, por supuesto, Baquedano encontró un local para la banda. Era algo más que un agente, supo Federico. La estrategia había sido muy bien pensada, porque mi madre nunca preguntaba mucho.

—Es de esas personas a quienes nunca se les llega a conocer —dijo Federico de Rafael—, o bien es lo que parece a primera vista: un hombre educado y amable.

—¿Quieres decir que sólo es eso?

—Podría ser sólo eso. Y si fuera más, sólo podría ser peor, un neurótico. Un hombre que a su edad no se ha casado —rondaría los cincuenta años—, rico, más o menos culto, que va a los conciertos del Real y lee los libros que recomiendan los suplementos literarios de los periódicos, conocido en los buenos restaurantes y las buenas sastrerías. O guarda algo o no guarda nada. Y suele ser mejor que este tipo de personas no guarden nada. Mejor para mamá.

Durante el invierno, tuvimos ocasión de observar a Rafael. Venía algunas tardes a recoger a nuestra madre. La llevaba a los conciertos y a cenar. Su actitud era completamente opuesta a la del tío Enrique. Se quedaba sentado allí donde hubiera caído y aunque se esforzaba por aparentar naturalidad, no podía evitar que su mirada resultase interrogante, casi tímida.

Pero no sabíamos muy bien lo que pasaba entre ellos, porque mi madre no era muy comunicativa. En el fondo, no queríamos reconocer que había surgido un dato nuevo: nuestra madre tenía un pretendiente. Lo único que hacíamos era desinteresarnos por la situación, que no parecía muy prometedora, imaginando que tarde o temprano se cansarían de jugar ese monótono juego. Porque no comprendíamos que además podía haber entre ellos algo verdadero.

—Es la crisis de los cuarenta —había dicho Federico—. A todo el mundo le gusta tener una persona que se interese por ella.

Lo cierto es que, una vez que nos acostumbramos a él y al leve cambio que introdujo en la rutina de la vida de nuestra madre, no le hicimos mucho caso. El verano se acercaba y Rafael seguía allí, un día sí y otro no, como una de esas constantes no muy relevantes que se instalan en la vida de las personas sin que ellas se den mucha cuenta. Baquedano se deslizó entre nuestras vidas con sigilo y mucha educación y cuando llegó el verano, comprobamos con sorpresa que él también hacía planes: planes con nosotros, como si fuera un miembro más de la familia.

Me los comunicó a mí, porque debió pensar que eso era lo correcto, que yo tenía poder decisorio en aquella casa. Había venido a recoger a mi madre y sostenía entre las manos un vaso de agua. Llevaba un traje algo oscuro para el calor que hacía, pero todo en él trataba de mantener su habitual compostura. Unas gotas de sudor perlaban su frente. Las ventanas del cuarto de estar estaban abiertas y llegaba hasta nuestro piso, un sexto piso, el ruido de los coches. Aunque uno no se asomara para verlos, se podía sentir cuándo frenaban al encontrarse con el autobús detenido en la parada y cuándo arrancaban y, todavía más que a ellos, al autobús con su ruido profundo, atronador, y uno casi veía la oscura nube de gas quemado que salía por el tubo de escape. Conocía perfectamente la escena: la cola de coches tras el autobús, la cola de gente que subía al autobús y gente como yo que miraba por las ventanas.

—Bien —dijo Rafael, que siempre empezaba sus frases con adverbios de modo—, le acabo de proponer a tu madre —carraspeó y no pude pensar sino en eso: que carraspeaba— que hiciéramos todos un viaje. —Siguió tomando velocidad, y repitió—: Todos.

Le miré más extrañado que dispuesto a contrariarle. En realidad, no acababa de entenderle. Había dicho «todos» un par de veces, pero lo hubiera podido decir más y yo hubiera seguido sin saber a quién se estaba refiriendo.

—Ya sé que no me conocéis mucho —dijo él, reaccionando ante mi extrañeza—, pero también se trata de eso. Había pensado que el norte de Italia es muy agradable en verano. Podría ser una buena experiencia. —Me miró. Había utilizado una expresión de Federico, seguramente para acercarse a mí, a un joven que buscaba buenas experiencias.

Desvié la mirada hacia mi madre, que tardó en decir algo.

—Ya sabes lo que me pasa con los viajes —dijo al fin—. Me dan pereza. No me gusta moverme.

Todo lo que yo la había visto viajar era para ir a Elda, con los abuelos.

Suspiró. Suspiramos todos, mientras en la calle, el autobús hacía un ruido infernal.

—Parece que éste sería un viaje distinto —le dije a mi madre—. ¿Es que no quieres conocer Italia?

No sé por qué, pero la estaba empujando.

—Sólo iré si venís conmigo.

Federico y yo, sus hijos, sus acompañantes. No me dio tiempo a decir nada. Rafael tomó la palabra. Estaba un poco nervioso.

—Esa es su condición y a mí me parece muy bien. Yo quiero que vayamos todos —repitió—, pero vuestra madre teme que vosotros no queráis, no sé por qué. ¿No crees que le convendría viajar? Eso siempre viene bien. —Me miraba, anhelante, y pensé que estaba pidiéndome un tipo de aprobación—. Bien, ¿qué dices?

Volví a mirar a mi madre, que buscaba mi apoyo. Una vez más, le reproché que hubiera tratado de mantenernos encerrados en un mundo aparte, autosuficiente e irreal. ¿Por qué tenía yo que tomar una decisión sobre su vida? En primer lugar, no me apetecía nada arrastrarme por los mejores hoteles de Italia en calidad de acompañante de mi madre, mientras ella y Baquedano trataban de convencerse de que la vida era fácil y maravillosa. Ese era el papel reservado para Federico y para mí: portarnos como dos idiotas, aceptar su juego y sacar de él nuestras propias ventajas. ¿Qué se pensaban que éramos? No teníamos ya edad para la complicidad incondicional. No teníamos edad para nada. Había que dejarnos al margen. Pero mi madre no se atrevía. No porque temiera nuestras reacciones sino porque no se fiaba de sí misma. Era miedo en estado puro, el mismo miedo que la había recluido en su habitación y en el cuarto de estar rodeada de sus amigas desde la muerte de nuestro padre. No haría ese viaje sin nosotros porque temía que en medio de la tarde, inusitadamente, no soportara la lejanía de cuanto había sido su vida y se sintiera desarraigada y absurda, incapaz hasta de emprender el regreso. Nos necesitaba allí, a su lado. Quería que nosotros, sus hijos, que habíamos asistido a su lucha silenciosa contra la muerte, asistiéramos también a su lucha contra el amor o la comodidad.

—Ya he hecho mis planes para este verano —dije, y traté de que mis palabras tuvieran un tono de naturalidad—. No veo por qué no puedes hacer ese viaje sin nosotros —añadí, dirigiéndome a mi madre.

A lo mejor leyó en mis ojos algo de lo que yo

sentía, algo que era superior a mi capacidad de comprensión o generosidad: esa extraña mezcla de miedo y orgullo que nos hace pensar que los demás pueden destruirnos y la todavía más extraña necesidad de tener que defender a toda costa el indefinible, inaccesible interior de nuestra personalidad.

Salí del cuarto. Se quedaron allí, con las ventanas abiertas, envueltos en el ruido y el calor de la calle, con sus planes de verano que no acababan de salir como habían dispuesto.

Contra todos los pronósticos, mi madre hizo aquel viaje con Rafael Baquedano. Federico prometió que se reuniría con ellos, que yo mismo me reuniría con ellos. Y eso pareció bastarles. Sea como fuere, la decisión de mi madre fue una decisión. Debió reunir todas las fuerzas que había ido dilapidando en conversaciones sobre la vida o la muerte o que tal vez nunca había gastado, porque nos dijo que se marchaba con bastante seguridad y cuando añadió que esperaba que nos reuniéramos con ellos en Como empleó un tono algo despegado, como si ese encuentro lo hubiéramos propuesto nosotros y nosotros fuéramos, por tanto, los interesados en el viaje.

Estaba rodeada de maletas y no parecía tener otra preocupación en su cabeza que la de olvidar algo esencial.

—Pareces una actriz —dijo Federico, apoyado en el marco de la puerta de su cuarto y observando el panorama: armarios abiertos y maletas a medio llenar.

—¿Por qué? —preguntó ella con una entonación y un gesto que parecieron deliberadamente teatrales.

Federico sonrió y se encogió de hombros.

—Está sobreactuando —me dijo a mí en el pasillo, de forma que nuestra madre no le pudiera oír.

En todo caso, se estaba superando a sí misma, como si se hubiera cansado de ser la mujer paciente que únicamente servía para lamentarse, escuchar lamentos y estar siempre ahí, cerca de todos. Frente a las maletas extendidas sobre la cama, con los armarios abiertos a sus espaldas, sacando una cosa, metiendo otra, y echando de vez en cuando miradas de impaciencia al reloj y a la ventana, parecía mi madre imitando a otra persona. Sus ademanes (y su aspecto: su ropa y su peinado) parecían nuevos, tal vez porque nunca la habíamos visto así: nerviosa en una espera.

A la hora convenida llegó Rafael Baquedano y cargó el ascensor con las maletas. Los acompañamos a la calle y vimos cómo colocaba el equipaje en el maletero. Allí estaba su maleta, de cuero gastado, como si hubiera recorrido medio mundo y allí quedaron, mezcladas, las cosas de mi madre y las suyas.

Rafael nos estrechó la mano, que temblaba, como su voz, y nos dijo una vez más aquello de que pronto estaríamos «todos» reunidos en Como. Se aferraba a esa palabra. En cierto modo, le compadecí. Se necesitaba valor para sacar a mi madre de casa. Mamá nos abrazó, pero se había refugiado en las formas de sus amigas (sobre todo, de Mabel) y fue un abrazo a medias. Evitó mirarme al fondo de los ojos.

Caía el sol de la tarde sobre nuestras cabezas. Mi madre me miró desde la ventanilla del coche. Sonreía.

—Portaros bien. Cuida de tu hermano —me recomendó finalmente.

Y desaparecieron.

—¿Te das cuenta de que es la primera vez que nos quedamos solos, completamente solos? —me preguntó ese hermano al que había que cuidar cuando me dejé caer en la butaca de mi madre en el cuarto de estar y encendí un cigarrillo—. ¡Si lo supiera la abuela! —exclamó—, ¿te has dado cuenta de que no nos ha pedido que le mintiéramos? Así es mamá. Se larga con un hombre, no dice nada a nadie y espera que nosotros le saquemos la cara. Y lo haremos, claro. Es una mujer fabulosa, confieso que no me esperaba que se fuese, pero eso la hace más fabulosa, ¿no crees?

Se rió, encendió su cigarrillo.

—Te has sentado en su butaca —observó, con el legado que Freud le había dejado para siempre.

Durante los primeros días, nos sentimos desconcertados. Eramos (sobre todo, yo) personas mayores, que hacía tiempo podían vivir por su cuenta. Yo estaba terminando mi carrera y pensaba algunas veces en mi futuro: casarme, irme a vivir solo, irme a vivir acompañado. Había alternativas que había considerado y al final, me había paralizado la idea de la soledad de mi madre. La que había tenido y la que le esperaba. No me sentía capaz de tomar una decisión que pudiera herirla. Sabía que tarde o temprano tendría que decidirme, pero, ¿no era demasiado pronto? Sabía muy bien qué diría Federico si conociera mis cavilaciones. Cualquiera podría decirlo. Excesivo peso de mi madre en mi vida. ¿Acaso el saberlo me daba fuerzas para evitarlo?

Pero ella, al embarcarse en aquella aventura con Rafael Baquedano, nos estaba trazando unas pautas distintas. Resultaba extraña la casa sin ella, sin las voces, ni siquiera las llamadas de sus amigas. Resultaba extraño decir a la abuela, eludiendo dar más explicaciones: «Se ha ido de viaje con Mabel.»

—Seamos dignos de ella —concluyó Federico.

Si teníamos una cosa clara en nuestra cabeza era que no íbamos a ir a Como. Yo no tenía ningún deseo de intervenir en las posibles decisiones que pudiera tomar mi madre respecto a Rafael, y Federico, que no solía hacerse ese tipo de consideraciones, tenía ante sus ojos, además de sus proyectos con la banda, el magnífico plan de Marbella con nuestros primos.

El tío Enrique, Chichita y los primos sí sabían que nuestra madre había aceptado la invitación de Baquedano. Para ellos era una excelente noticia. Podía ser el preludio de una boda. Las bodas eran una de las conversaciones predilectas de Chichita. Aunque a Federico no le importaba encubrir a mi madre (es más, le divertía), le resultaba cómoda la complicidad de la familia. Lo que a los abuelos y al mismo tío José María les hubiera escandalizado, a la familia de México le parecía, no sólo natural, sino conveniente. Ese viaje era una esperanza para ellos.

Tras la partida de Federico, me quedé solo en la casa. Quería terminar la tesis ese verano. Trabajaba por las noches. Antes de ponerme a trabajar, me gustaba dar una vuelta. Cenaba, unas veces en casa, otras en un restaurante, e iba después a tomar un café a una de las terrazas de Recoletos. Allí estaba siempre alguien conocido. En un momento dado, me sentía con la necesaria capacidad de concentración para volver a casa y trabajar. Pensaba tomarme unas vacaciones en las últimas semanas del verano, si las cosas habían ido bien.

En una de las terrazas de Recoletos, una noche calurosa de agosto, tuve mi primer encuentro con Chicho Montano, el compañero de colegio de quien Federico me había dado hacía tiempo algunas noticias y recuerdos efusivos, como si hubiéramos mantenido una estrecha amistad. Desde que habíamos dejado el colegio había perdido todo contacto con él. Mi mente había retenido sin gran interés sus actividades en Marbella. Cuando lo vi frente a mí, tardé en reconocerle y, una vez que lo reconocí, apenas podía recordar qué me había dicho Federico de él. Habían pasado casi cinco años desde aquel mediodía de verano en el que dejamos el colegio para siempre.

Yo miraba a la chica que, envuelta en un llamativo vestido rojo, avanzaba entre las mesas como si se tratara de un pase de modelos. Lo curioso fue que se detuvo frente a mí, como si me conociera, aunque no hallé en su rostro ninguna expresión que indicara ese conocimiento. Entonces surgió la voz de Chicho. Era el chico que la acompañaba (aunque, por un instante, lo miré sin saber quién era).

—¡No me digas que eres tú! —exclamó, como quien es objeto de una agradable sorpresa—. Acabo de ver a Federico en Marbella. Ayer mismo. Hablamos de ti. Me dijo que te habías quedado en Madrid. ¡Qué casualidad! Encontrarte hoy mismo, ¿no? ¿Sales mucho? ¿Vienes mucho por aquí?

Hablaba y sonreía al mismo tiempo. Recordé que eso era lo que en el colegio le había hecho singular: su fantástica, imperturbable sonrisa, sus espléndidos dientes blancos. Apoyó sus manos bronceadas en la silla de hierro que quedaba junto a él y me preguntó, mirándome fijamente, con el brillo de una emoción inusitada en sus ojos, qué había sido de mi vida en aquellos años, si había acabado la carrera, si me había casado, si pensaba hacerlo.

—Ya te habrá contado Federico —dijo después, sin dejar de sonreír, ahora con un matiz de orgullo, de diversión—. Estoy en el mundo de la moda. Me han ido bien las cosas. He trabajado mucho, pero ya estoy en camino de conseguir algo. He empezado en

Marbella, pero ahora tengo un proyecto mucho mejor. ¿Te acuerdas de la tienda de mi padre? Aquella tienda pequeña, con el escaparate lleno de cosas —explicó inútilmente: estaba perfectamente clara en mi memoria; la habíamos mirado cientos de veces—. Te lo digo sin miedo. Atento. Va a convertirse en la tienda de moda.

Me miró, convencido y ufano, y echó una rápida ojeada a la chica del traje rojo, que asintió con un gesto de cansancio, como si fuera la enésima vez que asentía a una afirmación semejante.

Chicho tomó el barrote de la silla entre sus manos y la silla se balanceó. Su mirada se hizo más íntima.

—No ha sido nada fácil —dijo—. No puedes imaginar lo mal que lo he pasado. Ya sabes que nunca me gustó estudiar y, francamente, no se me ocurría qué hacer con mi vida. He llegado a estar tan mal, tan desanimado, que no podía ni levantarme de la cama. «Montano, ¿por qué te levantas hoy?», me preguntaba cada mañana. Y no encontraba el motivo. Pero lo he superado —dijo, con un tono rotundo y apretando más sus manos alrededor del barrote de la silla—. Fue abajo, en Marbella. Un día estaba paseando y me iba fijando en la gente que se cruzaba conmigo. A la izquierda, estaba el mar, a la derecha, las tiendas de recuerdos, de ropa, los bares, todo eso. Fue como una visión. Ese era mi sitio. Yo tenía que estar allí. Era mi mundo. Lo vi tan claro que inmediatamente alquilé un local. Un local muy pequeño, pero todo empezó a deslizarse como sobre ruedas. A veces ni me lo creo. Y lo de la tienda en Madrid va a ser un bombazo, ya verás. Ahora me despierto muy pronto por las mañanas y me pregunto: «Montano, ¿qué hay que hacer hoy?» No lo pienso dos veces. Me levanto de un salto, hago unos minutos de gimnasia y me tomo un buen desayuno: a la inglesa, quiero decir. Hay que empezar el día así. Zumo de naranja y huevo pasado por agua. Café bien caliente y tostadas. Entonces empiezan las ideas, las llamadas, el ajetreo.

Montano. Así le llamaban en el colegio (como sucedía con todos los demás: nos llamaban por el apellido) y así se llamaba ahora a sí mismo, en aquel diálogo íntimo que al parecer tenía lugar cada mañana. Acaso le costaba reconocerse en esta nueva etapa de su vida.

—Ven a verme un día a la tienda. La abrimos el uno de septiembre.

—Estoy cansadísima, Chicho —dijo la chica—. No hemos parado en todo el día —sacó un pañuelo del bolso y se lo pasó con displicencia por la nariz.

—Es verdad —reconoció Chicho—. No hemos parado. ¡Pero qué estúpido soy!, ¿es que no os he presentado? No me funciona bien la cabeza —y dijo formalmente—: Javier Arroyo, Leonor Vilas.

La chica extendió su mano. Busqué sus ojos: seguía aburrida, cansada. Se quería ir de allí. En cuanto fuimos presentados, se fueron. Los miré un momento en su nuevo desfile entre las mesas. Cansados y satisfechos.

Pedí otro café y me fui a casa. En esa soledad, me sentí bien. La vida desfilaba ante mis ojos. Mi madre se había marchado con su pretendiente. Chicho Montano, aquel casi despreciado compañero de colegio, había remontado su depresión y acariciaba un futuro brillante. Federico seguía en su vorágine de amistades y proyectos. Yo tenía mucho qué hacer, pero, no sé por qué, fui a la biblioteca y busqué el libro encuadernado en piel que encerraba las obras de mi padre. Recordé al personaje de quien Matilde me había hablado una vez: el que, como el rey Midas, convertía en oro todo lo que tocaba. Salía en casi todas sus obras, pero en una de ellas un poco más. La encontré en seguida. La leí de un tirón y, sorprendentemente, me gustó. El autor no se había permitido más que un poco de filosofía y de nostalgia. El personaje, que era un poderoso magnate, intervenía en un par de ocasiones, forzando hacia el bien la vida del protagonista, más débil de lo que un protagonista de una obra de mi padre solía ser. En una de esas ocasiones le decía: «No es fácil para mí darte este consejo y no puedo pedirte que me obedezcas a ciegas, así que tendrás que confiar en tu instinto.» Acto seguido, le decía que abandonara a la mujer que amaba o creía amar. Eso era lo de menos, eso empezaba a dejar de interesarme (aunque aquella noche, todo me interesó), pero, por alguna inexplicable razón, la frase me traspasó. La repetí varias veces, como si hubiera en ella alguna clave. Tal vez me impresionaba por la forma en que el personaje parecía, con ella, disculparse de su intervención o por la forma en que yo me imaginaba al vacilante protagonista mientras la escuchaba, sorprendido, un poco agradecido, y, finalmente, buscando con esfuerzo su instinto a través de aquella enmarañada situación que le había tocado vivir.

PROVISIONAL

Cuando terminé al fin la tesis, empecé a dar clases en la Universidad.

—Quiero hablar contigo. Te llamaré para que comamos juntos —me dijo un día el tío Enrique.

Pensé que me hablaría de mi madre y de mi futuro. La ruptura entre mi madre y Baquedano había sido espectacular y, a partir de ella, mi madre se había replegado más en su mundo.

Habíamos adivinado que las cosas andaban regular a la vuelta del famoso viaje a Italia. Mi madre se mostraba alegre y jovial cuando nos explicaba las ciudades que había conocido y nos hablaba de los paisajes, las tiendas, los edificios, los restaurantes. Pero durante una semana, no salió de casa, aquejada de fuertes dolores de cabeza. Rafael la venía a ver, pero ella prefería que nadie entrara en su cuarto, de modo que se quedaba unos minutos en el cuarto de estar, esperando inútilmente que le diéramos conversación. Después de la temporada de jaqueca, las cosas volvieron lentamente a su curso, se diría que peor que antes. Las salidas eran menos frecuentes y Rafael no venía habitualmente a recogerla. Hasta que nos comunicó que pensaba casarse. Lo del viaje nos había sorprendido, pero nunca se nos había llegado a pasar por la cabeza la idea de que se volviera a casar.

—Lo he pensado mucho —nos comunicó solemnemente, después de cenar, sentada junto a la mesa camilla y mirándonos, expectante.

No era lo mismo que cuando el viaje. Ahora era mucho más serio y ella estaba mucho más seria. No sobreactuaba. Estaba impresionada con su papel y se permitía dudar de su capacidad para jugarlo con convicción.

—Me gustaría saber qué pensáis de él, si os gusta, si os parece bien —añadió, ante nuestro silencio.

—No es que sea tarde para que nos lo preguntes —dijo Federico tras un silencio y lo admiré, porque yo era sencillamente incapaz de articular palabra—, ni que ningún hombre que quisiera casarte contigo nos pareciera lo suficientemente bueno para ti, ni que resulte ridículo asistir a la boda de tu propia madre cuando tienes edad más que suficiente para casarte. —Se quedó en suspenso: como de costumbre, no hablaba en serio—. No es nada de todo eso. Resulta demasiado fabuloso, pero la idea es buena. Se ha venido practicando durante siglos.

—Estoy hablando en serio —dijo mamá, pero no estaba irritada, casi prefería que continuáramos en ese tono—. Como es lógico, me gustaría que os cayeseis bien unos a otros.

—¿Y cuándo será la boda? —pregunté al fin yo, encontrando ese hueco entre todas las incógnitas que acababan de surgir.

—Hemos pensado que en abril. Tenemos tiempo de buscar casa.

—Eso no será ningún problema. No has hecho otra cosa en los últimos años.

Nos reímos.

—Hay muchas cosas de las que tenemos que hablar. Tal vez éste no sea el momento. Pero de aquí a abril lo iremos viendo. Ya sé que sois mayores, pero me preocupa lo que penséis hacer. Quiero decir, hay muchas soluciones. En función de ellas, buscaré la casa adecuada.

Nuevamente se repetía un tema antiguo. La conversación siguió, porque ninguno nos movimos de nuestro sitio, pero permaneció girando sobre lo mismo: las casas, abril, lo importantes que éramos todos. No daba para mucho más, no podíamos profundizar en nada.

Sin embargo, fueron sus proyectos los que se quebraron. No nos dio muchas explicaciones, ¿se puede, se debe explicar a un hijo el porqué una madre viuda rompe su compromiso un mes antes de su nueva boda?

Pero ya habían encontrado el piso que hacía tanto tiempo buscaban, y mi madre incluso había hablado con los abuelos. Nos dijo una mañana:

—Ayer estuve en Castelló, con vuestros abuelos. Los he encontrado muy bien, tan animosos como siempre. Tenéis suerte, son unos viejecitos encantadores. Y os adoran. Quería decirles que me casaba, pero estuvimos hablando de vosotros todo el tiempo. Os conocen muy bien. —Nos dedicó una mirada de curiosidad como si el hecho de que otras personas nos conocieran le dejara un poco perpleja: ¿había algo que debiera indagar?—. No estaba José María, y lo sentí. Aunque, en cierto modo, preferí no verle. Es el más sentimental. Los abuelos son más duros, más hechos a la vida. Me hubiera costado decirle a José María que me volvía a casar. Vuestro padre le admiraba mucho. Muchas veces me decía que era él, su hermano José María, quien tenía verdadero talento. Si es así —suspiró—, no sé en qué lo ha empleado. Que es inteligente —siguió, pensativa— se le nota en su forma de hablar. Dice siempre algo inesperado, algo que resulta muy razonable y que le hace pensar a uno: pero, ¿por qué no se me había ocurrido antes?

Como si efectivamente eso fuera lo que le estaba pasando, como si se le ocurriera en ese momento algo en lo que antes no había pensado, mi madre se quedó callada. Pero ya tenía la bendición de mis abuelos, que sabían lo difícil que era la vida y estaban dispuestos a ofrecer su comprensión a todo ser humano en apuros.

La casa y la bendición de los abuelos, no hacía falta nada más. Con nuestra aprobación ya había contado desde el principio. Desde el mismo día en que nos dio noticias de su proyectado matrimonio, nos propusimos ser simpáticos con Baquedano. Los futuros novios nos miraban complacidos, agradecidos. Todo estaba en orden.

Nos comunicó la ruptura después de una semana de jaqueca, a mediados de marzo. Estaba pálida y parecía inspirada, como siempre que emergía de unos días de jaqueca.

—No hay boda —me dijo tranquilamente, mientras se sentaba en una silla de mi cuarto. Había entrado sin llamar, cosa poco habitual en ella, y llevaba puesta la bata, porque acababa de levantarse de la cama.

Sacó la cajetilla de Camel del bolsillo de la bata, me tendió un cigarrillo y esperó a que yo los encendiera, el suyo y el mío.

—¿Esa es la causa de la jaqueca? —le pregunté, echando mi sillón para atrás, de forma que pudiera verla bien.

—Dios sabe. A veces me duele la cabeza sin ningún motivo. Pero bueno, esta vez, sí. Le he dado muchas vueltas. Ayer se lo dije a Rafael, y está muy disgustado. Yo también estoy disgustada. No es que no me vea de casada, es que, no sé, no tengo fuerzas. Todo este lío de la boda, este entusiasmo, me abruma, no va conmigo.

Se refería al entusiasmo de Chichita y de sus amigas, por primera vez unidas en una causa común. La boda de mi madre les parecía algo fabuloso a todas.

—A mí me parece bien que no te cases, si no estás segura —le dije, sin saber si la ruptura era una buena idea, pero sabiendo que ella esperaba que yo le dijera algo así.

—Luego se lo diré a Federico. No quiero ser una carga para vosotros. En cierto modo, que yo me casara suponía vuestra independencia. Con esta decisión, bueno, otra vez estoy aquí, pegada a vuestras vidas. Pero no me hagáis mucho caso. No lo he hecho por vosotros. Ha sido una decisión personal. No he querido casarme, eso es todo. No sé cómo me metí en eso. Fue como un torbellino, una especie de juventud. —Sonrió y me pareció muy joven, recién salida del torbellino.

Me alegré de que hubiera salido de él y estuviera ahora en mi cuarto diciéndomelo.

—Está bien, mamá —dije, levantándome y paseándome por el cuarto—. Yo me alegro. Me alegro de todo.

Como no éramos muy teatrales y ella ya no estaba actuando, no nos abrazamos.

Hubo una especie de rara celebración en casa de los abuelos. Hacía mucho que no comía en su casa, por eso parecía una celebración. Hablamos de la ruptura de mi madre. Como la abuela siempre había defendido el pragmatismo, se lamentó formalmente, pero los ojos le brillaban, ilusionados. En el fondo, le gustaban las eternas fidelidades.

El tío José María me miró, levantó la copa de vino y susurró:

—Por María Dolores.

Silbó la canción. Nunca se la había oído silbar.

—Qué bonita canción —dijo, perfectamente convencido, solemne, como si se tratara de un himno sagrado.

Miré a la abuela, que se llevó la punta de la servilleta a los ojos mientras el abuelo parecía inmensamente feliz. La luz de la primavera se derramaba sobre la mesa del comedor, sobre los vasos vacíos y los platos con restos de comida, sobre las migas de pan en el mantel y las servilletas en desorden.

—¿Qué planes tienes tú? —me preguntó el tío Enrique cuando tuvo lugar la comida que me había anunciado.

Mientras nos acomodábamos, me expresó su preocupación por la vida de mi madre, pero se declaró impotente ante su carácter. En justicia, había hecho todo lo que había podido por cambiar su vida. Ahora quería ayudarme a mí.

Las clases en la Universidad no eran planes para el tío Enrique. A mí mismo tampoco me entusiasmaban.

—Te lo pregunto porque algún día te casarás y querrás vivir bien. Yo estoy para echarte una mano, eso lo tienes que saber.

Le recordé que había estudiado una carrera de letras, lo que no era lo más adecuado para desenvolverme bien en el mundo de los negocios.

—Todo tiene arreglo. —Se arrellanó en la silla; dejó sobre el plato el cuchillo y el tenedor, como quien se desprende de un lastre—. Hay cosas más o menos apropiadas. Si tú quisieras podrías entrar a trabajar en cualquier sección de una de mis empresas, algo que te gustara, pero sé que no te gustan los grandes almacenes ni las constructoras (eran sus negocios más importantes, pero no los únicos). En cambio, he pensado que tal vez te interesara montar algo por tu cuenta, una sociedad. Para ganar dinero, eso sí. Pero yo te presto a un interés bajísimo. Piénsalo. Algo que te guste, un negocio.

—Lo pensaré —le prometí. Y de hecho me quedé pensándolo, pero basta que te ofrezcan mucho dinero para que de repente no sepas ni para qué sirve.

—Eso espero.

Habíamos llegado al final de la comida. Pensé que eso era todo lo que quería decirme, pero se pasó la servilleta por los labios, encargó los cafés, sacó un puro y comprendí que lo importante venía ahora.

—Me preocupa Hércules —dijo mirando su puro—. No controlo a sus amistades y lo poco que conozco de ellas, no me gusta ni pizca —añadió.

—¿Por qué?

—Son una pandilla de señoritos malcriados, que tienen todo lo que quieren y les falta todo lo demás. Sólo aspiran a pasárselo bien. Sólo van a un par de clases por la mañana, a última hora, porque se levantan muy tarde. La verdad, preferiría que le diera por lo intelectual, como a vosotros. Eso, al menos, es algo.

No le di las gracias porque no era el momento. Por lo demás, él había educado a Hércules. Recordé su lejana confesión sobre la no paternidad de sus hijos y el estupor en que nos habíamos sumido mi madre y yo. Tal vez su difícil relación con Hércules nacía de allí.

—Chichita no quiere darse cuenta y yo no estoy en la mejor de las posiciones para contradecirla. Es muy recelosa con Hércules. Piensa que tengo una predilección por Bárbara. Tengo que reconocer que Bárbara es más fácil, pero he tratado de ser equitativo y nunca he demostrado nada que les hiciera pensar —se detuvo—. Ellos no saben nada, por supuesto (se refería a su no paternidad). Nadie ha sabido nunca nada. Se llevó con el mayor secreto. Una cosa así puede hundir a cualquiera. Chichita —prosiguió— está muy adaptada, muy contenta y todo lo ve con buenos ojos. Amigos, salidas, compras. Todo estupendo. Madrid le parece una ciudad fabulosa y todo madrileño es bueno porque sí. No ve nada más.

No sabía cómo encajaba yo en aquel cuadro.

—No sé cómo acercarme a Hércules. Hacerle ver que hay que pensar un poco más seriamente. No digo dejar de divertirse, eso no, pero cada cosa a su tiempo. Y me gustaría saber si sus amistades son realmente lo que yo creo, quiero decir, drogas y toda esa basura. He pensado que tú lo podrías averiguar.

—No pensarás contratarme de espía.

El tío Enrique me insultó, con su especial forma de insultar, pero me insultó.

—Tú y tus salidas. No te estoy proponiendo nada innoble. Se trata de mi hijo. —Lo dijo con mucha convicción—. Tengo que hacer algo por él. No puedo dejar que se pierda.

Era un moralista. Había trabajado mucho para reunir aquella fortuna que ahora disfrutaban los suyos, pero quería que la disfrutaran según las normas. Y odiaba a los señoritos. Al hablar de los amigos de Hércules había empleado el tono que cobra el odio largamente acumulado. Ahora podía permitirse el lujo de vivir mucho mejor que ellos, pero durante mucho tiempo su meta había sido superarlos, dejarlos atrás. Había soportado mal su papel en el reparto social.

—Todo lo que puedo hacer es hablar con él.

—Está bien, está bien —dijo, extendiendo su mano, como paralizando el aire que nos separaba—. Todos queremos hacer las cosas a nuestro modo. Lo entiendo, sobrino, y te lo agradezco. Sois mi familia —añadió, como nos había dicho a mi madre y a mí en aquella lejana tarde—. Debemos ayudarnos. Si no confío en ti dime en quién pudo confiar.

En la calle, se ofreció a que su chófer me acercara a la universidad. Se asombró de que yo lo rechazara. Me parecía un poco ridículo ir a clase sentado en el asiento posterior de un Mercedes, pero para él la comodidad no era nunca un asunto que pudiera verse por el lado ridículo.

Aquella noche le comenté a Federico la preocupación del tío Enrique respecto a Hércules.

—Se pasa el día durmiendo —dijo convencido—. Es lo único que de verdad le gusta hacer. A cualquier hora que vayas a su casa, está en su cuarto, dormido. Por la mañana, por la tarde, a mitad de mañana, a mitad de tarde. Sólo consigues algo de él entre las diez y las doce de la noche. A partir de las doce empieza a bostezar. Hasta las chicas se quejan de eso.

—¿Y qué dice Chichita?

—A Chichita le encanta que duerma. No sé qué

es lo que le preocupa al tío Enrique, pero creo que puede estar tranquilo. A la gente no le puede pasar nada grave mientras duerme.

—¿Hablas mucho con él?, ¿podrías decir cómo es, qué se propone hacer de su vida, todo eso?

—Nadie habla mucho con él, ya te he dicho. Cuando está entre sus amigos, es de los que se ríen y corean a Ricardo Soto, que es el principal, el que lleva la batuta. No creo que se haga muchos planteamientos. Las personas como él no se hacen muchos planteamientos. Se dejan llevar. Tienen bastantes cosas que les llevan de aquí para allá. Es cuestión de dinero, de mucho dinero. Eso lo cambia todo.

—Clases sociales —dije—. Al tío Enrique le cuesta admitir que su hijo no sea un luchador.

—Tiene todo por lo que luchó él, ¿por qué tendría que seguir luchando?, ¿es que el tío Enrique le ha dado otros valores?

—Supongo que le da miedo que se drogue y esas cosas.

—Aunque vaya por el camino recto, incontaminado, hará algo de eso.

—¿Te has vuelto marxista?

—Soy un poco de todo —contestó Federico—. Y conozco a esos tipos mejor que tú y mejor de lo que los conoce el tío Enrique. A veces hasta los encuentro divertidos. Pero a un nivel de renta, no te enteras de nada. No hay remedio. Estás condenado a ser estúpido.

—Espero que las cosas no sean tan claras.

Federico se encogió de hombros. Es ese momento, por su atuendo y sus ademanes, parecía un avezado joven de suburbio. Le conté que nuestro capitalista tío estaba dispuesto a ayudarme a montar un negocio.

—Acéptalo —dijo—. Está bien que montes algo. No te vas a pasar la vida entre profesores.

Eso era lo peor para Federico: los profesores de universidad, los intelectuales. Huía de ellos como de la peste y más de una vez me había advertido del serio peligro que corría yo, con mis veleidades de escritor, en aquel medio.

—En un negocio conoces gente distinta, más real. Y ganas pasta, que la necesitas. Por cierto, ¿qué es lo que les das a las chicas? Hay una que ha llamado un montón de veces. Está muy bien, ¿no? ¿Qué problema tienes con las mujeres? Parece que llegado un momento no te gustan, las apartas.

—¿Es que no sabes que estoy traumatizado? —le pregunté, y él sonrió—. Mamá también rompe sus compromisos, ¿no? Yo me guardo de llegar a ellos. Si quieres que te diga la verdad, lo raro es que tú no tengas traumas con las mujeres, dada la situación que hemos vivido. Lo mío es completamente obvio: padezco de complejo de persecución. Creo que todas las mujeres se enamoran de mí, que todas quieren cazarme. Hemos vivido rodeados de mujeres. Supongo que me horroriza el futuro con una de ellas.

—No es con una cualquiera de ellas. Es la que escojas tú.

El joven de barrio había sacado su bagaje analítico.

—Ya lo sé.

—No, te crees muy listo. No lo sabes. Las mujeres son muy distintas. El problema está en la elección. Y no es la cabeza quien escoge. Es un impulso irracional. No sé si eres capaz de sentirlo. No eres libre —concluyó con cierta suficiencia.

—Claro que no.

—Pues deberías luchar por serlo.

—¿Me estás echando un sermón?

Se encogió de hombros con impertinencia y al fin abandonó el cuarto. Federico, que aborrecía a los profesores, tenía mucha facilidad para ponerse profesoral. Una vez que se marchó, superé mi irritación y pensé en la posibilidad de poner un negocio. Hice algunas llamadas y salí a la calle.

Caía la tarde y empezaba a refrescar. Hice memoria. Sabía adónde solía acudir Hércules a esas horas. Un local repleto de niños bien, que hablaban a gritos, fumaban y jugaban al billar o a las máquinas. Aparentemente hacían lo mismo que cualquier otra clase de chicos. Lo distinto era el tono. Alto, superficial, como si estuviera convencido de la nadería del mensaje, ligeramente orgulloso (no despectivo, como los chicos de barrio o incluso como Federico y sus amigos). Me proponía hablar con Hércules, aunque fuera para convencerme a mí mismo de que la misión que me había encomendado el tío Enrique era imposible.

Me moví entre aquella multitud juvenil (chicos y chicas con ganas de emociones, de esas pequeñas emociones que nacen y crecen alrededor de una barra de bar, del ruido de las sillas y las mesas cubiertas de vasos de cerveza o coca-cola) y busqué con mis ojos, desde la barra, a mi primo Hércules. Lo cierto era que todos parecían iguales y vi a muchos Hércules y a muchas Bárbaras hasta que di con el verdadero Hércules. Estaba medio sentado sobre el respaldo de una silla de madera barnizada y sostenía en su mano derecha una jarra de cerveza. Me hizo un gesto de saludo cuando me vio, dijo algo a sus amigos y se acercó hacia mí, con la jarra en la mano. Parecía contento de verme.

—¿Tú por aquí? —me preguntó ligeramente extrañado.

—Por casualidad —le dije—, ¿vienes muy a menudo?

—Es nuestra segunda casa —dijo en plural. Tal vez se refería a Bárbara, tal vez a sus amigos—. Aquí conoces a todo el mundo (eso era muy difícil porque allí habría por lo menos doscientas personas y yo siempre calculo por lo bajo) y no tienes que pensar cada día adónde vas.

—Eso suena muy cómodo.

—Eso es lo que es. —Sus ojos tenían un acariciador brillo. Hércules era un muchacho guapo—. Cómodo.

—Y luego, ¿qué hacéis?

—Vamos a casa a tomar algo antes de ir a «Vapor», ¿sabes dónde está? En la carretera de La Coruña. Un sitio fabuloso. ¿No has ido nunca? Ponen una música estupenda. Ven un día. —Sus ojos se agrandaron—. Ven hoy, eso es, ¿no tienes nada que hacer?

Era lo último que me apetecía hacer.

—Oye, ¡qué buena idea! —Sonrió francamente—. Hace tiempo que no te vemos el pelo. Qué fabuloso haberte encontrado. Mamá se alegrará de verte. Nos prepara unas cenas estupendas.

A eso me negué. Le dije que nos podíamos encontrar después, antes de ir a «Vapor».

—Bueno, pues muy bien. —Lo aceptaba todo—. Le diré que voy contigo, eso le gustará. Entonces —me cogió del brazo— nos vemos luego. Seguro, ¿eh? Aquí mismo, si quieres. A las once y media, ¿te va?

—Me va.

—Chao, —Levantó su jarra, medio vacía, y se alejó.

Se instaló de nuevo entre su grupo de amigos. Le miré antes de marcharme: se reía, todavía con la jarra en la mano, su brillante pelo oscuro peinado hacia atrás. Algo que no era exactamente seguridad en sí mismo irradiaba de todos sus ademanes; algo estaba seguro y claro en su mundo, aunque no dependiera de su interior.

Un par de horas más tarde, volví al local, en su busca. La idea de acompañar a esos jóvenes a una discoteca me estremecía, pero por alguna razón me sentía en aquel compromiso con el tío Enrique. Tenía que decirle algo. Sólo buscaba un poco de fuerza moral para explicarle que yo no era un detective privado a sus órdenes.

Hércules se alegró casi tanto de verme como la primera vez.

—Francamente, pensé que te rajarías —me aclaró y me dije que eso era lo que debería haber hecho—. Fabuloso que hayas venido. Vas a ver qué ambiente.

Lo acompañaban dos amigos, que me presentó con cierta desgana. No estaba entre ellos Ricardo Soto, el líder. No terminaron sus cervezas, no me instaron a que yo tomase nada y salimos del local en dirección al coche de Hércules, un Alfa Romeo relativamente discreto, también color guinda, como el Jaguar de su madre. No era su coche, me informó, era el de Bárbara. El tenía un Porsche. Los otros chicos tenían también sus respectivos coches deportivos. Estuvieron hablando de coches durante todo el trayecto: qué amortiguadores eran buenos, qué carburador, qué bujías, qué casa de reparaciones tenía los mejores operarios, qué país se tomaba eso más en serio.

—Los italianos son la vanguardia —decía uno y explicaba qué pieza deslumbrante acababan de sacar en la última feria.

—Se están quedando fuera de onda —decía otro—. De diseño, vale, pero los japoneses están haciendo ahora lo más avanzado.

Apenas hablé. Desde el aparcamiento, se escuchaba la música. Hércules y sus amigos saludaron a los ocupantes del coche que aparcó a nuestro lado.

—Lo bueno —me dijo Hércules, emparejado conmigo y a unos pasos por delante de los demás— es venir todos los días. Es como una especie de club, como hacen los ingleses.

Italianos, japoneses, ingleses. Les gustaba hablar de ellos, como si los conocieran mucho.

En el interior de «Vapor», la música atronaba. Ellos empezaron a bailar desde la puerta, a seguir el ritmo. Hércules me dedicó una de sus amplias sonrisas, con un matiz de satisfacción: le gustaba mostrarme eso, su mundo, su club. Repartió saludos aquí y allá y me llevó a la barra.

—Pide lo que quieras —me dijo—. Es de toda confianza.

Sonrió al camarero cuando pedí mi whisky y se inclinó hacia él, sobre el mostrador.

—Del bueno, ¿eh?

Todo era bueno para Hércules. Me observaba, complacido, y observaba a su alrededor a toda esa gente que había saludado y a la que no había saludado que se movía de aquí para allá, iluminada por ráfagas de neón. De vez en cuando, alguien se acercaba hasta nosotros, lanzaba unas palabras ininteligibles hacia el oído de Hércules, y se volvía a marchar. Hablaban a gritos, porque la música era más potente que cualquier conversación.

—Ese está colgadísimo —me gritó Hércules refiriéndose a nuestro último visitante.

Mi papel de detective privado se hizo más frágil que nunca. ¿Qué sentido tenía que yo le preguntara cuál era su opinión respecto a las drogas?

—Cuando quieras nos vamos —me dijo, en un bostezo—. Hoy no hay mucho ambiente, pero yo lo prefiero así. Más tranquilo, más familiar. Los viernes y los sábados se desborda.

Habíamos permanecido, medio apoyados contra la barra, casi dos horas, haciendo como que seguíamos la música con los pies, la manos, o los vasos, contemplando el espectáculo de la pista y sonriendo a todas las personas que se nos acercaban para dejar entre nosotros un par de gritos. No le pregunté a Hércules qué pasaba con los chicos que ocupaban su coche en el trayecto de ida. No los habíamos vuelto a ver y, por lo que yo sabía, no habían hablado de cómo iban a volver a Madrid. Pero si a Hércules no le preocupaba a mí tampoco. Había un buen número de gente chillando y bailando allí dentro y un buen número de coches aparcados fuera. Ellos sabrían.

—Una vida provisional —me dijo Hércules, en el

coche. Seguía satisfecho de habérmela mostrado—. Nunca sabes lo que va a pasar. Vives al día. A lo mejor te resulta un planteamiento frívolo pero el futuro no nos interesa.

Dio un brusco giro al volante y salimos a la autopista, envueltos en una leve marea de coches que se dirigían a Madrid, Dios sabe para qué, al filo de la madrugada.

Visité al tío Enrique en su despacho.

—Estaba pensando en ti. —Me lanzó una mirada sagaz, tratando de adivinar lo que venía a decirle.

Dimos prioridad a los negocios, porque yo había hablado con unos conocidos que me habían dado alguna idea. De hecho, era algo que ya habían empezado a hacer, pero les faltaba infraestructura, organización. Se trataba de comprar pisos antiguos, remodelarlos, decorarlos y venderlos después. El tío Enrique mostró su mejor voluntad. Todo le parecía bien. Como le sucedía a Federico, no sentía ninguna simpatía por el ambiente universitario y pensaba que mientras yo estuviera ligado a él, sería un ser poco productivo socialmente. Hablamos como dos socios y me admiré de su sensibilidad para todo lo que fuese dinero.

—Tal vez Hércules quiera asociarse —dije.

El tío Enrique casi da un manotazo sobre la mesa.

—De ninguna manera. No hay que mezclar las cosas. Yo pongo el dinero y tú llevas a la práctica tus ideas. Nos olvidamos de que somos parientes.

Cada cual a lo suyo. No te asocies con un miembro de tu familia. Y en cuanto hayas reunido un poco de dinero, te desembarazas de mí. ¿Está claro?

El sabía de esas cosas mucho más que yo.

—Y ahora, dime, ¿qué opinión tienes de mi hijo?

Se echó para atrás, se llevó el cigarro a la boca, lo mordisqueó, lo examinó, se echó para adelante y cogió el encendedor, todavía sin intención de encender el puro.

—Es un chico muy simpático —dije—. Sabes muy bien que no lo he tratado mucho.

—Déjate de historias. Sabes a lo que me refiero. ¿Tiene fuste? Eso se ve en seguida. Necesito opiniones, consejos. O me empeño en sacarlo adelante o lo trato como a un tonto. Eso es lo que tengo que resolver. Antes de hacer nada necesito saber si merece la pena, si no va a ser mejor para todos que lo deje en paz.

No pude por menos que pensar que el tío Enrique trataba a Hércules como si fuera un ser ajeno, con quien no le unían fuertes lazos de afecto.

—Es un enfoque muy radical.

—Sobrino, con estas cosas hay que ser radical. Ese ha sido el defecto de tu madre, pobre mujer. Indecisiones, dudas, ¿qué ha conseguido?, ¿qué trata de mantener? —Suspiró, todavía furioso. La resistencia de mi madre le sacaba de quicio—. Las cosas hay que tomarlas como son. —Volvió al asunto central—. Si Hércules no da para más, pues me resigno, me aguanto. Pero me fastidiaría no haber sabido descubrir que hay algo más detrás de toda esa tontería de señorito. La culpa la tiene Chichita, y hasta yo tengo mi parte de culpa, lo reconozco. No he sabido imponerme. Las circunstancias eran difíciles. He tenido que andar con pies de plomo. ¿Crees que si hubiera sido hijo mío de verdad hubiéramos llegado a este punto? Y no hubiera sido porque lo hubiese querido más. Me sentiría más seguro, más confiado, eso es todo.

—Está bien —dijo después de una pausa, en la que al fin encendió su cigarro—. No puedes ayudarme, lo comprendo. Nadie puede ayudarme. Seguiremos como hasta ahora. Esperando, haciendo como que no me entero de esa vida absurda de discotecas, coches, motos y Dios sabe qué más. —Me dirigió una mirada interrogativa, por si yo sabía qué era exactamente eso más—. A vosotros os admira, eso es curioso —dijo, como si el proceso de esa admiración se le escapara—. Quiero decir, me extraña en él, eso es todo —concluyó de nuevo con su frase preferida.

Un par de meses después de aquella conversación, una mañana de mayo, me llamó el tío Enrique a primera hora. Hércules había tenido un accidente de moto en la madrugada. Se encontraba en el hospital. Se habían llevado un buen susto, pero parecía que la cosa no era tan grave. Acababa de recuperar el sentido (el tío Enrique me llamaba desde el hospital) y el médico decía que el peligro había pasado. Tenía una costilla y el peroné rotos. Iba en el asiento posterior de la moto de un amigo cuando, en el «stop», en el que evidentemente no pararon, un coche los barrió. Por lo que luego se supo, nunca paraban en ese «stop».

Cuando entré en la habitación de Hércules, me lanzó una de sus miradas brillantes. En realidad, todas lo eran. Los ojos oscuros le brillaban siempre. Chichita se colgó de mi brazo.

—Te has salvado —le dije.

—En el «stop» —dijo Hércules débilmente, mientras su madre le hacía callar—. Fue en el «stop».

Durante mucho tiempo, fue casi lo único que dijo. Durante una larga temporada, permaneció tendido en la habitación de su casa. Lo transportaban de aquí para allá, para que cambiara de panorama. Pero no hablaba mucho. Nos miraba, agradecido, mientras todavía hablaba del «stop».

Los médicos, al fin, dijeron que habían hecho casi todo lo que podían hacer, pero no lo dieron enteramente de alta. Tenía que hacer rehabilitación. Además, aconsejaron que lo viera un psiquiatra. La conmoción no parecía haber sido superada. No había ninguna mella, ninguna fractura, pero algo se les escapaba. El tío Enrique me lo dijo con los ojos llenos de lágrimas.

El proceso fue largo y duro. Hércules se refugiaba en el silencio. Chichita acabó por perder la paciencia, que nunca había sido su fuerte. Podías estarte una tarde entera con Hércules y lo único que conseguías era la frase de saludo.

Muy lentamente, empezó a hablar, a interesarse por cuanto le rodeaba. El tío Enrique, aconsejado por el psiquiatra, lo llevaba algunas mañanas a su despacho y le hablaba de cómo iban los negocios. Se fue despertando ahí, en el sillón de cuero del despacho del tío Enrique, que hacía gala de una paciencia in-

113

finita. No le importaba la exageración; vivía sólo en función de Hércules.

Al cabo de un año, el tío Enrique le confió una sección de las relaciones públicas y Hércules pareció despertarse del todo.

Me encontré con él en una de esas inevitables comidas de negocios que a nadie parecen gustar, pero que cada día son más frecuentes. Se levantó para saludarme.

—¡Vaya rollo! —susurró a mi oído—. Son unos americanos de esos que nos miran por encima del hombro. Dan ganas de pegarles un corte.

Durante la comida, lo miré. Mis ojos se fijaban en él una y otra vez. No podía dejar de hacerlo. Algo había cambiado en él. Atendía con corrección a sus acompañantes, les hablaba, pero no acababa de estar allí. Vi en su mirada los destellos de una irremediable distracción. Su amplia y sincera sonrisa había desaparecido de su cara.

Dejaron el restaurante antes que nosotros. Al pasar por mi lado, puso su mano en mi hombro, impidiendo que yo me levantara. Me hizo un leve gesto vago, como diciendo: «Estas son las cosas que hemos acabado haciendo.» Todavía residía, en el fondo de sus ojos, un remoto brillo. Más apagado, más sombrío, levemente perturbador. Lejos quedaban las tardes de las jarras de cervezas, cuando mostraba su mundo, su club, con satisfacción, como si todo el encanto de la vida pudiera atraparse en él.

La banda de Federico, que había encontrado su nombre —«Clac»— y que había conocido el éxito (el éxito que consiste en una serie de conciertos, un par de ellos en Madrid, una actuación en televisión y grabar un «single», y que es en el fondo todo el éxito que se puede obtener. El resto no es mucho más), repentinamente, se disolvió. Nunca supe si Federico fue la causa. Es decir, no sé si fue él, con sus permanentes crisis, en esta ocasión más profunda, quien rompió el grupo.

—Si he de hacer algo, prefiero hacerlo solo —decía, y, consciente de la carga de egotismo que tenía la frase, añadía—: Endemoniado mundo. Hay que estar entre la gente. Eso es lo que nos dicen. Entre la gente. ¿Para qué?

No era un adolescente, pero aquélla parecía la típica crisis de la adolescencia. Había llegado tarde y por eso era más profunda. Federico había presumido de entenderlo todo, pero al fin, los problemas no habían sido resueltos. Además de inteligente, era una persona. En cierto modo, veíamos la crisis con buenos ojos. No se podía vivir en una perpetua huida hacia adelante.

El tío Enrique tuvo una solución para esa crisis. Le gustaba seguir siendo nuestro consejero. El accidente de Hércules y su lento proceso de recuperación había hecho que la ruptura de mi madre con Baquedano adquiriese una importancia relativa. El negocio de los pisos iba bien y yo empezaba a poder pagarle la deuda que él recibía sin comentarios, como si no quisiera aceptar que me hubiese hecho un favor.

Determinó que Federico tenía que salir de España y, puestos a escoger, nada como Estados Unidos, donde habían estado en sucesivos veranos sus hijos (decía persuasivo) y de donde siempre le había venido la ayuda oportuna. Sus famosos socios gringos le echarían una mano. A uno de ellos acudió para resolver las enojosas cuestiones prácticas que conllevaba el traslado de Federico. Se decidió que ingresaría en una Universidad del Este. (Las universidades americanas no despertaban su suspicacia; eran, antes que nada, instituciones americanas). Se descartó California, más liberal, casi disoluta. El Este era la cuna de los valores americanos, en los que el tío Enrique confiaba tanto. Federico no tenía ya edad para convivir en el seno de una familia, que era lo ideal para la constatación (y asimilación) de esos valores, de forma que iría a una residencia de muchachos (había que oír al tío Enrique pronunciar esa palabra: «muchachos», como si se tratara de algo sagrado, más aún, cuando, por alguna oscura razón, Federico no parecía un sano y sólido «muchacho»). Pero estaba garantizado el control en la residencia y en la Uni-

116

versidad. Federico estudiaría en serio (recalcaba) todas aquellas cuestiones que siempre le habían interesado. Era hora de hacerlo. Nadie, ni mucho menos el tío Enrique, dudaba de las capacidades de Federico, pero había perdido mucho tiempo con sus aficiones musicales. Que tocara un instrumento estaba bien. Ahí encajaba lo del «hobby», que tanta importancia estaba cobrando en las sociedades modernas, pero de ahí a lo de la banda, y una banda que se llamaba «Clac», y que provocaba la más sólida admiración por parte de Barbarita, eso no, eso sí que hacía «Clac», concluía, orgulloso de su ingenio, nuestro tío.

Federico, por primera vez, asistía al debate sobre su vida un poco impasible. Estábamos acostumbrados a que opinara sobre todo y nos alarmaba su silencio. ¿Había llegado a la conclusión de que no había nada más que decir? Había iniciado varias carreras. En un principio, todas con éxito, pero en seguida parecía aburrido. Hasta el momento, la banda había sido su afición más constante. Desde que hacía ya muchos años, dejó el violín por la flauta travesera, la flauta no le había fallado. No se habían fallado. Y he aquí que incluso eso se desmoronaba. El estuche negro de piel que la guardaba permanecía cerrado. ¿Se habría hecho mayores ilusiones con ella? ¿Habría llegado a pensar en alcanzar la fama, en llegar a ser un gran músico? ¿Renunciaba ahora a sus aspiraciones? Nos lo preguntábamos todos, incluido el tío Enrique, porque era demasiado evidente. Federico se había cansado de buscar, de jugar el papel de chico listo (de muchacho listo, en palabras del tío Enrique).

Al final del verano se marchó y en seguida tuvimos noticias suyas. Nos escribía cartas, a mi madre y a mí, una a cada uno, y no eran intercambiables.

«Por absurdo que pueda parecer, pienso mucho en Baquedano», me escribió en una ocasión y mi atención se concentró, porque, seguramente por pudor (que encubría muchas otras cosas), no habíamos hablado mucho de Rafael Baquedano. «¿Qué será de él?, —se preguntaba—, me lo imagino con su vaso de ginebra con tónica en el salón de su casa, mirando el teléfono, esperando que mamá le llame, mientras mamá fuma un cigarrillo tras otro en nuestro cuarto de estar, con su policíaca de turno entre las manos, respirando aliviada, feliz de haberse librado de su compromiso. Esta es la injusticia. En realidad, si bien se mira, es intolerable. ¿Qué tenía de malo Baquedano? Como si lo tuviera, algo malo, intrínsecamente malo, mamá lo ha rechazado. Es curioso cómo una persona se instituye en juez de otra, pudiéndola condenar. ¡No voy a seguir con estas reflexiones! Pero no está bien que Baquedano esté hundido (en el caso de que lo esté) por una palabra de mamá. Imagínate cómo deberíamos estar nosotros!»

Pensé yo también en Baquedano. No era la primera vez que lo hacía. No sentía una gran compasión hacia él, pero me intrigaba. ¿Cómo se habría remontado?, porque estaba seguro de que no se pasaba las tardes como lo describía Federico, que había revelado un sorprendente romanticismo. En mi imaginación, Baquedano había encajado la negativa final de mamá como un viejo jugador, ¿no era eso lo que era? Casi estaba seguro de que mamá lo echaba de menos algunas veces, mientras que él, eliminada la posibilidad de casarse, había concentrado sus energías (las pocas que parecía tener) en otra cosa, en otra meta.

Después de recibir la carta de Federico, me propuse preguntarle a mi madre si tenía noticias suyas, si lo veía alguna vez. Al fin, era raro que nunca hablásemos de él después de haberlo estado viendo casi diariamente durante un largo año.

—Parece que últimamente sale con Genoveva —dijo, en tono despreocupado.

—Entonces se ha consolado.

—Eso parece.

Me pregunté si eso le fastidiaba.

Se lo comuniqué por carta a Federico, que tan inesperadamente se había preocupado por su posible melancolía.

«Baquedano no está hundido, ni destruido, ni cualquier otra cosa tremenda que se te ocurra. Se limita a salir con las amigas de mamá. De momento, ha atacado a Genoveva. Todo debe ir bien porque mamá no dice nada y Genovena no llama nunca a casa», escribí.

Federico me contestó:

«Te equivocas. Ahora es cuando hay que compadecer a Baquedano. Veo claramente lo que ha sido toda su vida. Tiene el síndrome del amor no correspondido. Genoveva se parece demasiado a mamá y además, como tú sabes perfectamente, está enamorada de otro hombre.»

Las cosas salieron de otro modo. El idilio entre Genoveva y Baquedano duró unos meses. Baquedano no llegó a pedir la mano de Genoveva. Según

Mabel, Genoveva estaba decepcionada. Estaba dispuesta a decir que sí.

Más o menos por las mismas fechas en las que mi madre rompió su compromiso, alguien me habló de Chicho Montano. Lo que me había contado en aquel encuentro, hacía dos o tres años, en una terraza de Recoletos, había salido bien, tal y como él había planeado. La gimnasia y los zumos de naranja había surtido su efecto sobre la anorexia de Chicho y aquella pregunta: «Montano, ¿qué hay que hacer hoy?», había tenido una excelente cadena de respuestas.

La antigua tienda del padre de Chicho se puso de moda. Las veces que iba a visitar a mis abuelos, yo lo podía comprobar con mis propios ojos. El escaparate de la tienda de Chicho era llamativo y siempre había un par de chicas entrando o saliendo de la tienda o simplemente mirando y señalando algún objeto del escaparate. Y se comentaba. Quien quería ir a la última llevaba algo de Chicho Montano.

Pero lo que ahora me dijeron no era tan excelente. Por alguna razón, aquello que al principio sólo se encontraba en su tienda, se encontraba ahora en otras y las chicas que daban a su aspecto una nota de modernidad con un bolso, un pañuelo o un cinturón de la tienda de Chicho, por razones completamente inexplicables, habían dejado de confiar en él. El nombre de Chicho Montano se estaba perdiendo entre la avalancha de nuevos diseñadores de moda. El había sido de los pioneros, pero su cabeza se había ido llenando de proyectos ambiciosos para los que posiblemente no estaba dotado. El hecho fue que fracasó. Mientras surgían nombres nuevos, mientras los clásicos se mantenían, él, que había abierto un camino en aquel erial estético, fracasó, se derrumbó. O sus ideas no eran tan buenas o la gente se resistía a disfrazarse o simplemente no se supo organizar.

Así pues, los brillantes planes de Chicho, expuestos a la luz de las farolas, bajo el cielo estrellado del verano, se habían venido abajo. Dediqué un recuerdo a la chica del vestido rojo, quien, a pesar de su cansancio, andaba tan grácilmente entre las mesas, indiferente a las miradas de los demás, pero consciente de su atractivo. ¿Se habría venido también abajo esa relación? Frente a mí, se habían tratado con familiaridad y yo había pensado, ya que habíamos estado hablando de planes y de lo que había sido de algunos de nuestros compañeros del colegio, que se casarían. Lo había pensado con remota envidia.

Pero Chicho no es una persona en quien se pone uno a pensar ni cuando no se tiene nada en qué pensar, y, aunque algo conmovido por su fracaso, me olvidé de él. Hasta que lo vi, frente a mí, dos o tres mesas más allá de la mía. Otra vez era verano. Otra vez estábamos ambos en una terraza de un bar, disfrutando del suave aire de la noche.

Chicho llevaba un traje blanco de lino. Estaba bronceado. Sonreía a su interlocutor. Sus dientes relucían, como siempre. Parecía feliz. ¿No me habían dicho que había fracasado, que hasta había tenido que vender la tienda? El debía verme, como yo le veía a él, pero no me saludó.

Cuando me levanté, nuestras miradas se cruzaron. Estaría dispuesto a jurarlo. Pero su mirada, estática, no me dijo nada. ¿Acaso no me había reconocido? No se había inmutado. Aquella mirada fría bajo la que se sostenía su sonrisa tenía la obstinación con que, años atrás, me había hablado de su éxito y sus empresas. Por aquella remota conversación, yo sabía que aquel éxito había sido importante para él; sabía que habérselas con el fracaso no sería fácil. El sentido de la existencia nuevamente se le escapaba. Pero él seguía sonriendo como si, en lugar de fracasar, acabara de arrojar al aire una de aquellas bolas de papel que caían sobre nuestros cuadernos causando nuestra irritación y provocando los insultos que él recibía con impasibilidad.

Me impresionó tanto que no me hubiera saludado (no me sentía dolido ni nada semejante, no era por mí, era por el hecho en sí, lo suficientemente raro), que en la carta que le escribí a Federico le conté la anécdota. ¿Será que no quiere reconocer el fracaso?, preguntaba yo, un poco retóricamente, ¿que acaso recuerde nuestra remota conversación, en la cumbre de su euforia, y eso le avergüence?

Puede que esperase que Federico se adentrara por los terrenos de la psicología tratando de encontrar una explicación a la absurda conducta de Chicho, pero es que ni siquiera dedicó una línea de su carta a comentar el hecho, que había ocupado buena parte de la mía (tal vez porque no tenía muchas otras cosas que contarle a Federico). Chicho no era, como nunca lo había sido para mí, materia de su interés.

Pero en la siguiente carta leí: «Como sabes, ha venido a verme Bárbara, de paso para California. Hemos pasado unos días estupendos. Viaja con mucho dinero y no se priva de nada, como de costumbre. Me llevó (literalmente, en un impresionante coche que alquiló sólo para la visita) a Nueva Orleans, donde tuvieron lugar excelentes cenas, conciertos y demás atracciones. Regalos incluidos. Bendito sea el hombre que se case con ella. Tiene un novio en Madrid, al que no parece dar mucha importancia. Dice que Hércules está fenomenal, pero a mí me escribe unas cartas muy tristes y extrañamente breves. Ella sí que es fenomenal. Afirma que está abierta a todo tipo de experiencias. No sé a qué se refiere, pero le brillan los ojos cuando lo dice. Le gusta escandalizar, presiento. En todo caso tiene mucho tiempo para eso: para escandalizar, para esas experiencias, para lo que quiera. Y mucho dinero. En California va a estudiar una asignatura que se llama algo así como "Expresiones artísticas modernas", tres palabras que a ella le gustan especialmente y que sabe Dios lo que significan.

»Bárbara me dijo algo que te va a interesar. Ya sabes que es amiga de Chicho Montano, tu compañero de colegio, de quien me hablabas en una carta. Puede que esto sea la clave de su aspecto radiante la noche en que no te saludó. Tú mantienes que, conscientemente, te vio y no te saludó. Pero, como verás, puede ser otra cosa. Está viviendo en una nube. Está sencillamente borracho. Le ha pasado una cosa difícil de creer, que nunca le pasa a nadie y menos a un tipo como él. ¿Sabes quién es Shirley Elgart? Aquí es muy famosa, una de esas figuras populares que están en todos los sitios, campañas políticas y cosas así. Según los entendidos, Brooke Shields a su lado se queda en nada. Pues bien, agárrate, está en España rodando una película, y no se sabe cómo, tu amigo

Montano, que está poco menos que en la ruina, consigue hacerse cargo del vestuario de la película, entra en contacto con Shirley Elgart y ¡zas!, se produce el milagro: Shirley se vuelve loca por él. Y lo mejor de todo: a Bárbara no le sorprende. Dice que Chicho es un hombre de un atractivo fenomenal. Arruinado, fracasado, absurdo. Pero fenomenal. ¿Entenderemos a las mujeres alguna vez?»

Nunca, me dije. Estaba acostumbrado a no considerar mucho a Chicho Montano y no me cabía en la cabeza que fuera poseedor de tan impresionante poder de atracción. ¡Claro que sabía quién era Shirley Elgart y hasta estaba enterado de que estaba en España rodando una película! La prensa había hablado de ello.

Para confirmar la noticia, leí en un par de revistas (¡y vi en las fotografías que se reproducían!), que aquel idilio era cierto. Shirley se exhibía con Chicho por todas partes. Ahí, en las fotografías, estaba Chicho, junto a Shirley Elgart, más sonriente que nunca, mejor peinado y mejor vestido que nunca y, en realidad, tal y como había sido siempre: con la expresión de felicidad en su cara, pasara lo que pasara. ¿Dónde estaría su secreto? ¿Cómo pudo pasar desapercibido entre todos nosotros, sus compañeros de colegio, que lo único que hacíamos ante su imperturbable y radiante sonrisa era irritarnos y casi despreciarlo? ¿Cómo no supimos descubrir que, tras aquellos estupendos dientes blancos que nos mostraba infatigable, se escondía el poderoso encanto al que tuvo que sucumbir la actriz más cotizada del momento?

Chicho se había elevado al terreno de lo inaccesible, a ese mundo habitado por seres misteriosos con quienes nos encontramos en ocasiones excepcionales. Estaba allí, entre ellos. Pensaba alguna vez en él, asombrándome de su suerte. Pero tardé algún tiempo en volver a tener noticias suyas.

Entre tanto, Federico volvió de su incursión en la costa Este americana. Le había probado muy bien, tal y como vaticinara el tío Enrique. Aunque había roto la relación con la banda musical, había recuperado su fe en el trabajo de grupo. Y había vuelto a tocar la flauta. Pensaba volver a la universidad y seguir estudiando, pero en aquel rato de descanso —lo que duró el verano— nos envolvió, como siempre lo había hecho, en sus aficiones. Ahora quería ser editor de una revista de plena actualidad artística.

—¿Influencias de Bárbara? —le pregunté.

—En cierto modo —contestó vagamente y añadió—: influencias de la juventud (¿qué demonios era él, un viejo?), de la ingenuidad. Hay que rescatar lo bueno que tienen los jóvenes como Bárbara y casi te diría que como los americanos en general, los del norte y los del sur. Se atreven a cualquier cosa. Siempre nos hemos burlado de la audacia, pero es conveniente ser un poco audaz. Si no haces algo, está claro que no te equivocas, pero si te equivocas no se hunde el mundo y tú has hecho algo. He decidido que prefiero equivocarme, que hay que predicar el atrevimiento a la equivocación. Puede sonarte un poco peligroso, pero es que estoy harto de la rigidez de este país. ¿Podremos contar contigo como colaborador?

Le dije que sí. Si le hubiera dicho que no, me hubiera echado otro discurso. Se pasó el verano viajando y mientras estuvo en Madrid no cesó de ver gente. Algunas tardes me venía a ver al estudio porque tenía mucho interés en involucrarme en sus planes y sus amistades. Esos eran los tiempos, decía, poniendo mi caso como ejemplo: uno trabajaba donde podía, hacía cosas para las que no estaba preparado e incluso se permitía pensar que la posible preparación tampoco hubiera servido de mucho.

En mi oficina de la calle Orellana, una mañana de otoño, surgió ante mis ojos, sin previo aviso, Chicho Montano y me dijo eso que suele decir la gente que espera algo de ti:

—Pasaba por aquí, me acordé de que trabajabas en este lugar y he decidido visitarte. Para charlar un rato.

Estaba enterado de mis actividades a través de Bárbara. Le dedicó unos vagos elogios y acto seguido confesó, en un tono alto, como si quisiera dejar las cosas muy claras cuanto antes:

—Sabrás que las cosas me han ido mal. Supongo que te enteraste de lo de Shirley. Se fue cuando terminó el rodaje. Se ha casado con Sid Laroy, el cantante. Vive en Londres y tiene una niña. Le voy a ver de vez en cuando. Lo de la moda se acabó, por el momento.

Se me quedó mirando, como si esperase que yo le dijera: «Sí, las cosas te han ido mal.»

El caso es que no lo parecía. Sentado frente a mi mesa, mantenía su aspecto impecable. Refulgían sus dientes blancos. Sus manos perfectamente cuidadas se movían en el aire, orgullosas de su limpieza y sus proporciones, y se posaban brevemente sobre su corbata, su pañuelo (de los mismos colores pero no exactamente igual), la fina lana de su traje. No tendría trabajo ni dinero, pero el poco que tuviera estaba allí, cubriendo y protegiendo su cuerpo.

Me dijo que le parecía bien que me hubiera metido en el mundo de los negocios, era en él donde estaba la vida, donde sucedían las cosas y donde se movía la gente interesante. (Por diferentes caminos, había llegado a las mismas conclusiones que Federico.)

—¿Recuerdas el juego de la pirámide? —me preguntó entonces y algo me dijo de nuevo que Chicho buscaba algo de mí.

—Me hablaron de él. Conozco a un par de personas que casi enloquecieron por su causa. Estaban obsesionadas.

Chicho se rió.

—Se puede decir que yo soy el culpable —declaró con satisfacción—. Fui yo quien lo introdujo en España. Hacía furor en Londres cuando fui a visitar a Shirley. Se me encendió una bombilla en la cabeza: había que ponerlo de moda aquí. Era un negocio seguro. Cuando me propongo algo, lo consigo —me lanzó una mirada luminosa y retadora—. En cuanto veo algo con claridad, me lanzo. Todo lo que necesito es ver claro. Sabía que tenía que salir bien. El momento no podía ser más propicio. Mira —me enseñó sus manos limpias y finas, que movió en el aire, aunque no se trataba de que yo admirara sus manos—, hoy la gente quiere dos cosas: divertirse y ganar dinero. Rápidamente, dinero para gastarlo. No porque lo quieran gastar, quieren ganarlo. El dinero se ha desvalorizado: tan pronto entra por una puerta, ya está saliendo por otra. Hay una explosión del consumo, eso está claro. El dinero arde en las manos. Pero se trabajan muchas horas para conseguirlo, se destroza uno. De ahí el éxito del juego. Está garantizado. Es el riesgo por el riesgo, la gratuidad de la ganancia y la pérdida. Eso es lo bueno. No hay que esforzarse para obtenerlo. Es pura apuesta. Lo de menos es el futuro de ese dinero. Lo de más es la excitación, ese momento en que sabes que has ganado. —Le brillaban los ojos y sobre sus rodillas caía un rayo de sol, lo que parecía apropiado—. Los juegos han proliferado —siguió—. Hay mucha competencia. Hay que pensar en algo muy sofisticado, que cubra muchas áreas, que sea una verdadera respuesta a las necesidades del hombre moderno —su tono adquirió los matices y toda la falsedad del vendedor—, pero creo que ya he dado con la idea. De momento, no se lo he dicho a nadie: es algo que puede mover mucho dinero y hay que ser cauto, muy cauto. —Me miró, esta vez pensativo, hasta preocupado.

—Entonces, ¿has dejado la moda definitivamente? —le pregunté.

Hizo un gesto de rechazo, como si esa posibilidad le ofendiera.

—No podría dejarla —replicó con un punto de melancolía—. He tenido que estar un poco apartado en los últimos años, pero la llevo aquí —señaló con su dedo índice el corazón— y en cuanto ponga en marcha este proyecto volveré a ella. Soy hombre de grandes fidelidades. —Sus ojos risueños buscaron mi complicidad—. Sé lo que quiero: una tienda en la que se pueda encontrar de todo: desde una taza de café hasta un par de calcetines. Quiero asegurar al cliente la calidad y la originalidad. No se encontrará con otra persona que lleve la misma prenda. Tengo la vista echada a un par de locales interesantes. Y he hecho ya algunos contactos.

Hubo un silencio.

—Shirley me quita demasiado tiempo —dijo, pensativo—. Me quita energías. Apártate de las mujeres complicadas —declaró, entre confidencial y previsor y hasta un poco orgulloso—. Sobre todo, si son guapas. Así es Shirley: cuando está deprimida, me llama y yo voy como un perfecto estúpido. ¿Cómo se las arregla para convencerme? Ni yo mismo lo sé, pero el caso es que voy, una y otra vez, y me quedo a su lado hasta que las cosas se arreglan. Soy su amigo fiel, así me llama. —Pero no parecía torturado. Sus ojos seguían sonriendo—. ¿Merece la pena vivir sin una gran pasión? —preguntó al aire, porque no era a mí a quien se dirigía; como de costumbre, preguntaba retóricamente, para poder contestarse a sí mismo, pero con un fondo de sinceridad, de convicción, como un mal personaje de teatro.— No hay nada que llene tanto como una mujer —fue la respuesta que se dio—. Ni siquiera la moda. En el fondo, ¿qué más me da cómo vistan los demás? Y no te digo sus comentarios: me ponen enfermo. En cierto modo, el vestido, en cuanto cumple su función, es decir, en cuanto lo lleva una persona, deja de interesarme. Es aquí —se llevó uno de sus delgados dedos a la frente— donde ocurre lo verdaderamente interesante. Con excepciones, claro. Hay personas que... —Dejó la frase en el aire.

La conversación parecía haber llegado a un punto muerto y miré hacia la ventana. Al otro lado de la calle, el edificio crecía: obreros con mono azul iban y venían entre las vigas y el hormigón.

—Voy a pedirte un favor —dijo Chicho—. Estás metido en un buen negocio. Me interesan tus contactos. —Parecía gustarle esa palabra—. Estoy buscando algo de lo que tú encuentras: uno de esos pisos antiguos. Algo que, por supuesto, no te sirva a ti. No te preocupes, no soy un competidor. —Me tendió su tarjeta—. Avísame si surge algo.

Se levantó y lo acompañé hasta la puerta.

—Estás muy bien instalado —dijo desde allí, echando una última mirada hacia el interior—. Perfecto —dictaminó.

Me quedé pensando en aquella visita. ¿Qué era lo que buscaba Chicho? ¿Un piso, en realidad? ¿No era más fácil ir a una agencia? ¿Por qué buscar mi ayuda? Mi amistad con Chicho no justificaba esa visita improvisada del pasaba por aquí. ¿Qué era lo que le hacía acordarse ahora de mí, cuando no lo había hecho antes? No me había reclutado como cliente en su anterior aventura del juego de la pirámide. Presentí que había algo tras aquella visita de Chicho y que a pesar de la inocencia y sinceridad con que hablaba de sí mismo, de sus pasiones y desánimos, escondía algo que tarde o temprano saldría a la luz.

De todos modos, me olvidé de él. Sobre todo, de su encargo. Había aparecido en mi oficina una mañana de marzo y era verano cuando me llamó. Parecía muy agitado. Pudiera ser que me llamase desde una cabina telefónica. Se oía mal.

—¿No tienes noticias para mí? —me preguntó después de los saludos de rigor.

Por un momento me sentí desconcertado. Era como si hubiese alguna clave entre nosotros.

—¿Qué noticias? —llegué a preguntarle.

—Lo del piso —me aclaró—, ¿no te ha surgido nada?

Me habían surgido muchas cosas. De hecho, ahora tenía una entre manos.

—Si quieres, puedes acompañarme a ver un piso —le ofrecí, para compensar mi olvido—. Iba a salir a verlo ahora mismo.

—Espérame —dijo—. En seguida estoy en tu oficina —y colgó.

Apareció en seguida, como había anunciado. No pude por menos que pensar que me había llamado desde la cabina de la esquina. Llevaba un traje de lino color tabaco, una camisa azul y una corbata clara. Tenía un aire de galán italiano a medio retirar.

Cogimos un taxi y fuimos hablando del calor que se nos echaba encima. «Esta ciudad incómoda dijo—, no sé por qué nos empeñamos en vivir aquí». El taxista asintió: «Todos se quejan y ninguno se marcha.» «Y todos cogen el coche», añadió.

Nos quedamos en la esquina de Cuchilleros con Puerta Cerrada. Chicho parecía satisfecho. Le gustaba ese barrio. Era popular, dijo, tenía el sabor del pasado. El portal no era ninguna maravilla, pero tenía arreglo. El ascensor, moderno y espantoso. El piso que estaba en venta era el cuarto, una buhardilla. «Perfecto», iba diciendo Chicho. Ni siquiera se desalentó cuando entramos. Un hombre joven y amable (no era el propietario, sino un amigo, nos informó) nos estaba esperando. Apretó nuestras manos efusivamente.

—No se asusten por el calor. Hay que poner aire acondicionado, de lo contrario es un infierno. Pero ya todo el mundo pone aire acondicionado en sus casas. Hay que instalarlo en las ventanas del patio, para no estropear la fachada. Ahora tienen cuidado con esas cosas.

Nos fue mostrando lo poco que había que ver. Las paredes habían sido empapeladas sucesivas veces. La cocina, de la que sólo quedaban un par de armarios de formica, mostraba en el suelo y en las paredes los marcos de suciedad donde habían estado empotrados otros muebles. El cuarto de baño estaba completo, pero no se ganaba nada. Había que cambiarlo todo, quitar, pintar, comprar: un trabajo a fondo, con la imprescindible instalación del aire acondicionado, y luego se podía empezar a pensar que aquello era habitable. Me dije: «Para ti, si lo quieres.» Mis clientes pedían cosas mejores. Pero el hombre y Chicho hablaron largamente, convencidos los dos de que aquello podía quedar muy bien con muy poco esfuerzo.

—Perfecto para un hombre solo —dijo el hombre, sin sospechar que estaba empleando el adjetivo favorito de Chicho.

—Perfecto —repitió él.

Me guardé muy bien de expresar mi opinión.

En la calle, Chicho se despidió satisfecho. De repente, tenía prisa.

—Te llamaré por la tarde —dijo.

No me dio tiempo de decirle que podía hacer la negociación cuándo y cómo quisiera. Yo no iba a quedarme con la buhardilla y no era un intermediario. Se lo diría en cuanto me llamara.

Pero no me llamó. Tal vez lo había pensado mejor. No dejaba de ser extraño, de todos modos: las prisas, la urgencia de verme, el hecho de que acudiera a mí para algo que podía procurarse perfectamente por su cuenta.

La policía me llamó por la mañana. Me dijo que Chicho estaba en el hospital. Le habían dado una soberbia paliza. Por fortuna, no había una fractura seria, pero apenas había parte de su cuerpo que no hubiera sido marcada. Sabían que yo había estado con él a última hora de la mañana y me pidieron que no saliera de casa porque iban a venir a interrogarme. Tardaron en venir y cuando llegaron no se excusaron por la tardanza ni yo protesté. Todos admitíamos que en cuestión de formas sociales podían hacer lo que quisieran.

—Vamos a hacerle unas preguntas rutinarias —anunció uno.

Así, tuve que ir recitando mi nombre completo, mi profesión, de qué conocía a Chicho Montano, qué negocios me traía con él. No les hablé de la decisiva importancia de Chicho en la difusión en España del famoso juego de la pirámide. Lo tenían que saber, si sabían cosas de Chicho. Pero sí comenté sus actividades más inocentes y conocidas: la moda, el idilio con la estupenda actriz. Se centraron en lo del piso. Querían saberlo todo sobre la buhardilla que visitamos juntos. De quién era, para qué la quería, qué había hecho Chicho allí. Una y otra vez les dije que yo me dedicaba a eso: a arreglar, modernizar pisos antiguos y que Chicho, un viejo amigo, era un posible cliente. Me miraban con desconfianza, con escepticismo, como si yo estuviera encubriendo a Chicho.

Uno de los policías dijo, refiriéndose a Chicho:

—No quiere hacer la denuncia. Así son: los apalean y luego no quieren hablar.

Se fueron taciturnos. Y me dejaron con la convicción de que nuestra visita a la buhardilla tenía que ver con aquella paliza.

Entre los recados que me esperaban en la oficina, había uno algo sospechoso. Un tal Jeremías Bosch había telefoneado y al saber que no estaba había pedido que le dieran la dirección de la buhardilla que había visitado el día anterior. Dijo que era amigo mío y mi secretaria se la dio. Al fin y al cabo, no era un secreto de Estado y aunque para mí aquella llamada resultaba extraña, para mi secretaria no. No había por qué ocultar a nadie el emplazamiento de aquella buhardilla. De forma que ese Jeremías, quienquiera que fuese, tenía curiosidad por visitar la buhardilla que tanto había gustado a Chicho. Y a mí me entró curiosidad por conocer a Jeremías.

Hice llamar al hospital y supe que Chicho descansaba plácidamente. No tenía nada que perder si me acercaba de nuevo al piso y ya no tenía ganas de trabajar, así que más o menos a la misma hora que el día anterior y con el mismo calor cogí un taxi y me bajé de él en la esquina de Cuchilleros con Puerta Cerrada. En la buhardilla estaba el mismo hombre que tan solícitamente nos la había mostrado, sin pasar por alto los inconvenientes. Me miró con sorpresa: durante la visita anterior, había comprendido que a mí no me interesaba.

—Pero a mi amigo sí —le aclaré. Me había pedido que indagara sobre el estado de las tuberías, la cubierta, esas cosas que no se preguntan la primera vez—. ¿Han venido más compradores? —dejé caer.

Hacía un rato había estado un hombre y lo había mirado todo con mucho interés. Casi con demasiado interés. Se trataba de un hombre de baja estatura, muy bien vestido, hasta perfumado, y se había quedado allí un buen rato, inspeccionando el piso, incluso tocando las cosas, dijo mi interlocutor. ¿No había dicho su nombre? No lo recordaba.

Daba igual. Yo empezaba a tener una teoría sobre las actividades de Chicho. Me había utilizado. Aquel piso, como cualquier otro al que le hubiera llevado, era una pista. Debía de haber dejado en alguna parte de él unas instrucciones, una señal, tal vez, algo —¡algo!—. Y eso era lo que había ido a buscar Jeremías Bosch. Ahí estaba la paliza descomunal para demostrar que tantas precauciones estaban justificadas. Quienquiera que hubiera cubierto de golpes a Chicho había llegado tarde. Era una buena jugada y Chicho, a pesar de todo, había salido vencedor si, como era lógico, su cómplice Jeremías había encontrado lo que Chicho había escondido en aquella asfixiante buhardilla.

De esta interpretación se deducía que mi antiguo y ligeramente menospreciado compañero del colegio Chicho Montano me había implicado en sus arriesgados y turbios asuntos con toda tranquilidad, mientras entre sonrisa y sonrisa dejaba caer como fatigados suspiros pedazos de su filosofía de la vida. Llamé de nuevo al hospital para saber si mejoraba —lo hacía— y no quise hablar con él.

Fue después del verano, una tarde de octubre, cuando irrumpió en mi despacho una mujer. Dijo a Esther que se trataba de un asunto personal y Esther carraspeó al abrir la puerta y dejarla pasar. Me dijo sin preámbulos que venía de parte de Chicho Montano, «tu amigo Chicho Montano», puntualizó. Hubiera querido protestar, pero la chica había sido muy bien escogida. Era buena mensajera: uno no quería ponerle ninguna clase de pegas. Intuí de golpe quién era: la chica del traje rojo, Leonor, que Chicho me había presentado en nuestro primer y lejano encuentro. Se comportaba como si yo supiera perfectamente quién era.

—Ha tenido muchos problemas —dijo con cierta languidez, y yo asentí—. Teme que pienses mal de él, quiere excusarse. No se atreve a venir aquí porque le siguen. Pero está preocupado. Ya sabes cómo es Chicho, para él es muy importante la amistad.

En resumen: me esperaba en la cafetería de enfrente y Leonor no tenía otra misión que llevarme hasta él. Parecía muy novelesco, pero ya había empezado a aceptar que todo lo que se relacionaba con Chicho era así.

Y, efectivamente, allí estaba Chicho, en aquella tarde otoñal, sentado ante una mesa de la cafetería, con gafas oscuras, pelo largo y barba de una semana, vestido con ropa amplia, a medio camino entre el mendigo y el cantante de rock de hace diez años. Nada que ver con su habitual atildamiento. Sólo sus manos pequeñas, morenas y delgadas seguían siendo pulcras y perfectas. Tal vez como precaución o por otros sentimientos confusos, no me tendió una de aquellas manos, pero a través del cristal oscuro de sus gafas me llegó el fulgor de sus ojos. ¿Se disculpaba? Me senté.

—No sé qué habrás pensado de mí —dijo—. Como poco, que soy traficante, ¿no? —El se lo decía todo: como poco—. Como puedes suponer, no lo soy —Se rió, en demostración de una infinita paciencia hacia los malos pensamientos de los demás—. De lo contrario, no te hubiera metido en esto. Reconozco que te utilicé un poco, mejor dicho, utilicé tu profesión, tu trabajo. No es lo mismo, ¿no? Ya te dije que estaba dándole vueltas a un juego, algo más complicado que el de la pirámide, un juego de verdad, como los de la infancia, una especie de escondite. Quise hacer una prueba y pensé en uno de tus pisos, uno que no te interesara a ti, para no implicarte, porque al fin y al cabo todos los juegos son turbios. —Sonrió—. Dejé escondido dinero en la buhardilla y una persona tenía que ir a encontrarlo. Primero tenía que saber en qué piso estaba, luego ir y afrontar el riesgo de cogerlo. Te parecerá una estupidez, pero es así. A la gente rica le gusta jugar, ya te lo dije.

Por supuesto, no me lo creí, ni entonces ni nunca, pero era un gran mentiroso y no dejaba de ser admirable la naturalidad con que exponía las cosas más inverosímiles.

—Te asombraría saber el éxito que está teniendo el juego y la gente conocida que participa en él. Funciona un poco como el de la pirámide: una especie de cadena, muy enrevesada. Naturalmente, lo llevo con la máxima discreción.

Bien. No podía discutir con él.

—He estado de viaje —me informó—. De vez en cuando hay que salir de este ambiente. Por higiene. Es algo que te recomiendo —añadió, sin preguntar si yo lo hacía—. Abre la mente. Todas las ideas importantes que he tenido han surgido viajando. Imagínate en una ciudad como Delhi, solo, en una habitación de un hotel de lujo, cruzándote por los pasillos con turistas de todas clases, con toda esa gente —se debía referir a los indios— viviendo su vida a la misma puerta del hotel. Es algo que te conmociona, que pone en marcha tu cerebro. Los olores, los colores, los gestos: todo es distinto y tú estás ahí y debes aprovecharlo al máximo. Vivimos un momento excepcional —declaró—. Todo está a nuestro alcance. El problema es cómo disfrutarlo. Cómo sacar partido a todo esto. Hay que pensar algo. —Sacudió la cabeza, como si la agitación de tanta idea le abrumara—. —Estoy pasando por un momento difícil —confesó después—. Pero son los momentos que merecen la pena. En realidad, no he debido volver —a España, supuse—, es peligroso. Pero es aquí donde me interesa estar. Aquí pueden ocurrir cosas y a mí me interesa lo que ocurra aquí. Eso también lo aprendes al viajar. Si no vuelves y no intentas algo, todo lo que has visto no sirve de nada. Soy una persona práctica —me lanzó una mirada penetrante a través de sus gafas oscuras— y por muchas pegas que tenga este país es aquí donde yo puedo rendir al máximo. —Otra de sus palabras preferidas.

Seguramente tenía razón.

—Te portaste bien conmigo y tenía ganas de decírtelo —siguió.

139

Leonor, que había permanecido callada, se levantó y se dirigió hacia el cuarto de baño.

—¿Has visto? —me preguntó Chicho—. He vuelto con ella. Me ha costado comprenderlo, pero es la mujer ideal. Acepta lo que soy. —Me miraba asombrado—. En fin, me tengo que ir. No sé cuánto tiempo me quedaré en Madrid, es posible que me vaya al sur un día de estos. Allí estaré más seguro. Pero no quería dejar de verte. La policía me dejó en paz —dijo finalmente, ya algo remoto.

—No tenía mucho que decirles —observé.

Se levantó y dijo:

—Leonor saldrá después.

Otra vez precauciones, complicaciones: ésa era su vida, su juego. Estábamos frente a la puerta. La abrió y me invitó a que yo pasara primero.

—¿Y lo de la paliza? —le pregunté—. ¿Por qué te pegaron? ¿Cómo encaja eso?

Se encogió de hombros.

—Esa es otra historia. —Sonrió levemente.

Nada más cruzar el umbral me dijo adiós.

Todo era raro en él, ese perfecto mentiroso que acaso creía en sus propias mentiras. En mitad de la calle, me asaltó el deseo de buscar a Leonor, que se había quedado en la cafetería, y hablar con ella. Tal vez seguirla. Me volví, algo alterado, porque la idea de la persecución me enfermaba. Pero Leonor ya no estaba en la cafetería. Me senté a la barra y pedí una copa, mientras mi cabeza se llenaba de sospechas y extrañas hipótesis, sin saber qué pensar de ese ser fantasioso, preguntándome si sería capaz de hacer una verdadera maldad.

Pero de aquel tercer encuentro con Chicho, por encima de su supuesta amoralidad, lo que me quedó fue la imagen de Leonor. ¿Qué veía aquella chica en él que le hacía seguir su juego, ese juego que a los ojos de cualquiera resultaba tan indescifrable como absurdo? Para colmo, había dicho Chicho: acepta lo que soy, que era como decir: no me pide mucho, que era como decir que él no hubiera tolerado otra cosa y que ella asumía su papel casi casi de chica de los recados. Para chica de los recados, era muy guapa.

En aquel primer y lejano encuentro con Chicho, me había fijado en ella. Era inevitable. Todos lo hacían. Tanto por el vestido como por la forma de llevarlo como porque uno sabía que aunque no hubiera llevado ese vestido —sin duda diseño de Chicho—, la chica se hubiera movido así, con soltura y seguridad y razones para ello, entre las mesas. Era una imagen que se había quedado grabada en mi interior. Con otro matiz: se aburría mientras Chicho rememoraba el pasado frente a mí, medio apoyado en la silla de hierro, sin quererse sentar. Aquel aburrimiento me hizo pensar: debía haber pasado el día en la tienda, haciendo llamadas telefónicas y tomando pequeñas decisiones, mientras Chicho iba y venía por Madrid realizando gestiones de importancia. Y al fin llegaba la noche. Salían juntos a cenar y se reunían con unos amigos en una de las terrazas de Recoletos. Ella se esforzaba, a pesar de su cansancio, para agradar a Chicho.

Cuando, inesperadamente, se había presentado en mi oficina para llevarme junto a Chicho, yo había tardado en reconocerla, por la estúpida y sencilla razón de que no iba vestida de rojo, que era como la había guardado mi memoria. De nuevo, la contemplé, admirando su belleza y seguridad y preguntándome qué la empujaba a seguir tan fielmente a Chicho. Hasta que sonrió. No sé en qué momento lo hizo ni con qué motivo ni, sobre todo, si fue consciente del efecto que produjo en mí, pero aquella sonrisa me arrastró y en ella pensaba, atento a ver si volvía a producirse, mientras en la cafetería Chicho teorizaba sobre lo que se aprende viajando. Y lo que me molestó de verdad fue la desaparición de Leonor, porque ni siquiera pude despedirme de ella y perdí la oportunidad de que me volviera a sonreír.

Pero, aun cuando por extraño que a mí mismo me pudiera parecer, yo estaba ya obligado, gracias a sus apariciones, a pensar en Chicho de vez en cuando, y no perdí la esperanza de volver a verla porque intuía que las cosas entre Chicho y yo no iban a terminarse sin más ni más. (Tal vez sucedía que, a mi pesar, estaba intrigado y no quería perderlo totalmente de vista).

Y apareció Leonor, porque a veces, no tan pocas

como se podría pensar, pasa exactamente lo que deseas. Se había evaporado en una cafetería y me la encontré en un restaurante, en una especie de fiesta. La vi nada más entrar. Sostenía una copa de champagne en la mano y sonreía a sus interlocutores. Eran varios y ninguno era Chicho. Fui en línea recta hacia ella porque ella también me había visto y había dejado de ofrecer su hermosa sonrisa a los demás. Me la ofrecía a mí.

Me hice con otra copa de champagne, nos las bebimos bastante deprisa, cogimos nuevas copas, nos miramos a los ojos y nos hicimos vagas (y no tan vagas) proposiciones. Antes de eso, pero no mucho antes, le pregunté qué hacía allí. Dijo que Chicho era uno de los socios de aquel restaurante.

—¿No lo sabías? —me preguntó, como si yo estuviera al cabo de la calle de las actividades de Chicho.

No lo sabía, ni eso ni cuál era exactamente la relación que tenían entre ellos. Pero eso no parecía oportuno preguntárselo. Chicho no había venido porque estaba de viaje. Eso bastaba en aquel momento. Así que dejamos de hablar de él. Pero yo pensaba en lo que Chicho me había confiado: ella lo aceptaba plenamente. ¿Qué se deducía de eso?, ¿que era una mujer dócil, enamorada y dócil? ¡Si lo hubiera conocido, como yo, en la época del colegio! Pero las atracciones son algo inescrutable y yo, a través de Genoveva, había aprendido muy pronto la extraña lección de que las mujeres se enamoran de los hombres que nunca las llaman. Eso me había dado Chicho a entender: él cultivaba una especie de indiferencia.

Con todo, yo hubiera podido salir de aquel restaurante con Leonor a mi lado, de habérmelo propuesto. Y creo que ella lo pensó: pensó que iba a pasar. No podía proponérselo porque tenía una cita que no podía cancelar. Lo lamenté, pero en cierto modo el interés de Leonor me colmó. A lo largo de la noche, hablando de negocios más o menos enrevesados —exigían, cuando menos, un mínimo de complicación—, yo pensaba en ella, en todo lo que nos habíamos dicho y en lo que no nos habíamos dicho y había quedado tendido entre nosotros. Estaba eufórico. Las cosas se me dieron bien aquella noche. A veces es bueno, en conversaciones de negocios, tener la cabeza en otra parte.

Yo había apuntado en una tarjeta los números de teléfono (el de la mañana y el de la tarde) en los que podía localizar a Leonor. No me había costado mucho obtenerlos, pero, antes de dármelos, ella había dudado y yo vislumbré aquella presencia a la que nos habíamos referido fugazmente. Estaba un poco borracho en el momento de salir a la calle, pero la suave brisa del verano me despejó. La noche era demasiado buena para echarla a perder, y pensé: todas las mujeres de Chicho aparecen en verano, como cierto tipo de aves. Federico sabría cuáles. Desde luego, pensé que la llamaría, o lo intuí, o lo imaginé.

Pero yo seguía teniendo mis habituales problemas con las mujeres y dejé pasar los días entre los problemas de siempre y la actividad que me proporcionaba el negocio iniciado la noche en que me encontré con Leonor. Y no la llamé.

Por lo demás, los hombres llamamos menos de lo que se piensa (eso lo decía constantemente Genoveva, que había recibido muchas llamadas), en parte porque nos asusta la posibilidad de obtener una negativa y en parte porque sabemos mantener la cabeza lejos de las mujeres que nos interesan cuando no vemos el camino suficientemente claro. Es algo que sabemos hacer, no sé si porque nos lo han enseñado o porque la naturaleza nos ha provisto de ello como de un arma de defensa. Contra qué o para qué, eso ya es otra cosa.

No es que me olvidara de Leonor, y ahí seguían, en el interior de mi cartera, apuntados sus números de teléfono, y cuando acudía a un bar de moda, o a uno de esos acontecimientos sociales que con tanta prodigalidad ofrece Madrid, me decía que tal vez me la volviera a encontrar.

El caso fue que ella me llamó. Era una mañana brillante de otoño y cuando llegué al estudio me dieron, como es habitual, los recados. El de Leonor entre ellos. Y nuevamente, sus teléfonos, los que yo ya tenía. Aquella vez sí la llamé. Después de una espera, apareció su voz y fue acariciadora, como lo había sido con las dos copas de champagne.

—No me llamaste —dijo.

—Pero lo estoy haciendo ahora —contesté—. ¿Cuándo nos vemos?

Dudó. Me llamaba y luego no sabía si podría verme. ¿Qué demonios buscaba?

—¿Quedamos para comer?

Dijo que sí, un débil sí. Anoté su dirección y le dije que pasaría a recogerla el jueves a las dos y media.

—Estupendo —se despidió.

Estuve a punto de decir: «Perfecto.»

Aquel jueves llovía y ninguno de los dos llevábamos paraguas. La conduje a mi coche mal aparcado y descendimos juntos por la pendiente de un aparcamiento subterráneo en busca de un sitio vacío. Al salir del coche se le cayó un guante. Lo recogí y se lo di.

No me faltaba más que eso. Enamorarme de la novia de Chicho Montano. Mientras me agachaba para recoger ese dichoso guante me sentí como quien cae en una trampa. Había llamado ella, ¿no?

Así fue como empezó todo. Chicho y sus viajes flotaban silenciosamente sobre cada uno de nuestros encuentros. Chicho y sus absurdos proyectos, sus juegos peligrosos, su ansia de dinero y de triunfo, su mente práctica y sus análisis sociales. ¿Y Leonor? Allí estaba, entre Chicho y yo, complaciente y enigmática.

Una de las obsesiones de Leonor era su familia. Su padre era médico, pero por lo que yo podía percibir se pasaba el día asistiendo a congresos y a reuniones de alto nivel. Dirigía, además, una enciclopedia de medicina que acababan de sacar en fascículos. Leonor ironizaba sobre todo eso, decía que los fascículos les iban a hacer ricos. Pero nunca les había faltado el dinero. La madre de Leonor, que se había pasado media vida quejándose de que apenas veía a su marido y de que ella había soportado el peso del hogar, repentinamente, había cambiado y parecía feliz.

—Creo que tiene un amante —decía Leonor—. No encuentro otra explicación.

Pero no lo creía y seguramente no era cierto. Simplemente, se había dado cuenta de las ventajas de su vida. Tenía dinero, tenía reputación (su marido era conocido y admirado), sus hijos habían crecido, podía vivir como le diera la gana. Comprarse una casa para el verano, cambiar de coche, tener joyas y el armario lleno de buena ropa. Se habían pasado los tiempos de las quejas. Su egoísmo había tomado unos cauces más sabios y constructivos. Con todo, Leonor no podía con ella.

—Es la demostración de lo que una mujer ociosa puede llegar a ser.

Leonor misma luchaba por no ser una mujer ociosa. Había trabajado siempre, desde el mismo momento en que decidió no estudiar (y de eso se lamentaba en tono profundo; sabía que ni siquiera volviendo hacia atrás podría remediarlo: aborrecía los libros difíciles), y había desfilado por las mejores boutiques de Madrid donde había revelado sus espléndidas dotes de vendedora. Si se lo proponía, una señora salía de la tienda cargada de paquetes. Podía ser muy persuasiva.

—A veces a mí misma me da miedo —decía, más satisfecha que preocupada—. Puedo hacer cambiar de opinión a una persona en menos de medio minuto. Puedo convencerla de que un traje que le parecía feo es bonito, y de que lo que ella cree que le sienta mal es algo perfecto, pensado para ella. Cuando una señora entra en la tienda te aseguro que me doy cuenta en seguida de hasta qué punto podré convencerla. La forma en que mira la ropa, me mira a mí. Lo sé todo, cuál es su color preferido y qué tipo de vestido busca.

—Eres la dependienta perfecta.

Frunció el ceño. Tampoco le gustaba ser dependienta.

—Soy una magnífica vendedora. Puedo vender lo que sea.

Aparte de mirar con cierto menosprecio a sus padres, tenía relaciones complicadas con sus hermanas.

La mayor era una eterna aspirante a actriz. Había hecho bastantes películas, pero nunca en papeles principales. Era muy guapa y tenía un buen cuerpo, decía Leonor. No era tonta, pero como actriz no valía. Estaba empeñada en cantar. Al principio, sus padres se habían opuesto a aquella carrera, pero ahora estaban encantados. Pensaban que Laura había triunfado.

—Eso es pedir poco, o esperar poco. En fin, con lo que tienen les basta —concluía Leonor.

Después de Leonor venía Berta, que estudiaba dibujo en una Academia. Leonor la quería, pero estaba siempre dolida con ella, porque Berta admiraba a su hermana mayor.

Leonor me hablaba mucho de su familia, pero nunca se le ocurrió (ni a mí tampoco) que yo conociese a ninguno de sus miembros. Le bastaba con poder hablar de ellos y para eso casi era mejor mi ignorancia. Podía pasarse horas contándome la última conversación con una de sus hermanas.

—Nunca me entenderás —decía a menudo.

Y tenía razón. Al menos, tardé mucho en hacerlo.

Siendo una chica a quien le gustaba mucho llamar la atención y que solía vestir con atrevimiento, a veces aparecía apenas sin arreglar, como si acabara de levantarse de la cama y no tuviera ganas de nada. En una de esas ocasiones apareció en mi oficina y Esther, mi secretaria, casi ni la reconoció. Al menos, hizo como si no la conociera.

—¿Es que estoy tan distinta? —me preguntó, indignada, Leonor, mientras se sentaba en una silla, enfrente de mí—. Me gustaría verla a ella con la cara lavada y zapatos bajos, a ver cómo lo aguanta —añadió, todavía irritada, poniendo sus zapatos (bajos) encima de la mesa de mi despacho.

No hacía tanto tiempo que la conocía y no me atreví a pedirle que los quitara de allí. La miré, tratando de penetrar sus pensamientos.

—Estás nerviosa.

—Estoy fatal.

—¿Qué es lo que te falla?

—¿Cómo que qué es lo que me falla?

—Tienes un trabajo pasable, una familia complicada, un novio encantador y muchos amigos, entre quienes me cuento.

Me devolvió una mirada de fastidio.

—En primer lugar, ya no tengo trabajo. Me despedí ayer. Estoy cansada de convencer a señoras indecisas. Me da igual que se compren una blusa amarilla o azul. No me importa si una falda les hace gordas o delgadas. No quiero tener nada que ver con eso. De todos modos, están horribles. Se peinan fatal y no saben maquillarse. Carecen de toda naturalidad.

—Tú estás muy natural esta mañana.

—Y tú estás odioso.

—Sigamos contigo, entonces. ¿Tienes nuevos planes de trabajo?

—He hablado con Chicho. Puede que trabaje en el restaurante. Para recibir a la gente y esas cosas. Una chica guapa que se les acerca y pregunta: «¿Tienen mesa reservada?» «Por aquí, por favor», y les conduce amablemente entre las mesas. ¿No crees que ése es mi papel?

150

—El problema será el horario.

—Eso es lo bueno. El único gran cambio, en realidad. Trabajaré de una a cinco y de nueve a doce. Y ganaré bastante más.

—Entonces tienes que celebrarlo.

—A eso he venido —me miró fijamente—. A sacarte de aquí.

—Eso es relativamente fácil —dije, examinando sus zapatos—. Nuevos ¿no?

—Siempre preguntas lo mismo. Son de hace mil años.

Eran nuevos. La suela estaba intacta. Todos los zapatos de Leonor tenían la suela intacta.

—Vámonos —le dije.

Mientras bajábamos las escaleras, después de darme un beso, me dijo:

—Es que no sé si sabré hacerlo bien. Sonreír a la gente y todo eso. Tengo que buscar la medida justa. Eso es lo que dice Chicho.

—La medida justa —repetí, imaginando a Leonor entre las mesas—. Lo harás bien. ¿Dónde quieres comer?

—En realidad, no tengo hambre —dijo Leonor.

Me había cogido de la mano y me miraba a los ojos. Tenía un buen día, a pesar de los nervios.

—¿Qué quieres hacer? —pregunté.

—Vamos a casa de Laura —dijo. Sus pupilas se agrandaron—. Quiero estar a solas contigo.

Laura tenía un apartamento, en el que supuestamente vivía, aunque se pasaba la mayor parte del tiempo en casa de sus padres. Leonor tenía una llave del apartamento y habíamos ido allí un par de veces. No siempre se podía ir.

—Tienes una extraña cualidad —me dijo, de camino—. Me haces ver todo lo que me sucede desde muy lejos. Creo que vives en las nubes.

—De vez en cuando bajo.

—Me gusta cuando bajas —sonrió.

Tenía un tono de voz melancólico. «La medida justa», me dije.

—¿Te he dicho alguna vez cuántos —se detuvo, carraspeó y siguió—, cuántos amigos he tenido, que no fueran Chicho?

Negué con la cabeza.

—Diecisiete, ¿qué te parece?

—No está mal.

—Diecisiete amantes, podemos decir —dijo—. Me pregunto si Chicho lo sospecha.

—El tuvo a Shirley —recordé.

Leonor dio un manotazo en el aire.

—Fue por vengarse —dijo, despectiva—. Yo le había dejado un mes antes. Y, de todos modos, fue una historia absurda. No fue nada. Vanidad —concluyó—. Antes de que Shirley le dejara, Chicho me pidió que volviéramos. Me llamaba un día sí y otro no y me decía: una palabra tuya y lo de Shirley se acaba. Lo de Shirley se acabó, sin mi palabra, pero luego me volvió a enredar. Tuve un lío con un pintor y estaba deprimida cuando volví a encontrarme con Chicho. Shirley ya le había dejado. Era el Chicho de siempre. Pero no dejé al pintor. —Se rió brevemente, orgullosa de sus éxitos.

Aquel día hablaba mucho de Chicho. Nunca lo hacíamos. Hacíamos como si no existiera. Ni siquiera mencionábamos su nombre.

Habíamos llegado frente a la puerta del apartamento de Laura. Leonor introdujo la llave y la hizo girar.

—Hemos tenido suerte —dijo—. Está muy ordenado. ¿Quieres una cerveza?

Cogimos unas cervezas y nos fuimos al dormitorio. Leonor se sentó sobre la cama y se llevó la cerveza a los labios.

—Conozco a Chicho desde pequeña —dijo, entrando ya de lleno en el asunto—. Es como un hermano para mí. A veces siento por él algo más, pero si te voy a decir la verdad el sexo va fatal entre nosotros.

Me senté a su lado.

—Quiero decir, que algo falla —siguió—. Tal vez llevemos demasiado tiempo juntos. Nos queremos mucho, eso sí. A mí, Chicho me parece guapo, hasta me atrae, pero luego, no sé, creo que también es culpa suya. Quiero decir, él no le da mucha importancia a estas cosas. No se preocupa de que salgan bien. No se esfuerza. Creo que para él no es importante.

—A lo mejor imagina que tampoco lo es para ti.

—No piensa nada de mí —dijo Leonor.

Pero no estaba triste. Los ojos le brillaban, el pelo le caía a ambos lados de la cara. Me miró largamente.

—Déjale de una vez —susurré, mientras la abrazaba.

—¿Cómo estás? —me preguntó, cuando la ceremonia del amor finalizó.

—No he tenido diecisiete amantes —contesté—,

pero aunque hubiera tenido setecientas. No imagino nada mejor a hacer el amor contigo.

Se rió. No volvimos a hablar de Chicho, ni aquel día ni en días sucesivos, pero aquel mediodía en el que Leonor había querido mostrarme sus dudas y debilidades y en el que la imagen de Chicho se había cruzado entre nosotros, la había sentido muy próxima, y había pensado que la amaba. Por un momento, vi que sus problemas, que parecían simples, jamás se resolverían, y me pregunté si podría ayudarla. Su extraño, insatisfactorio amor por Chicho se correspondía con la mutua atracción que los dos sentíamos y que éramos capaces de satisfacer, mientras otras muchas preguntas quedaban en el aire.

Una noche, al llegar a casa después de cenar, me dijo mi madre:

—Te ha llamado Leonor. Tiene mucha prisa en hablar contigo. Está en su casa.

Yo ya estaba acostumbrado a las prisas de Leonor. No soportaba la soledad. En cuanto Chicho salía por la puerta, me llamaba.

—No se trata de eso esta vez —me dijo, con la voz un poco alterada—. Está en Madrid, acabo de verle. Pero necesito verte a ti. Es urgente.

Pasé a recogerla. Estaba muy seria. Al fin, frente a una copa, me habló:

—Me ha dejado. Hemos roto para siempre.

Sentí una punzada. La cara desencajada de Leonor me hería, y el tono fúnebre de su voz y ese tener que comunicarme la ruptura con urgencia.

—¿Qué puedo hacer por ti?

Me miró, como si lo que pudiese hacer por ella no se pusiera en cuestión: estar allí con ella y escucharla.

—No sabes la segunda parte —siguió, y advertí un fondo de complacencia en su asombro y en el que iba a producirme a mí—. Chicho se casa. Y todavía mejor: se casa con tu prima Bárbara.

—Siempre le había gustado —dije un poco mecánicamente.

—Pues se ha salido con la suya.

—¿Te afecta tanto?

Negó con la cabeza.

—Nunca es agradable que le dejen a una, eso es todo. Ya sabes cómo era nuestra relación. Completa libertad. Y, hasta cierto punto, estaba cansada de eso, de todo. Tenía que acabar si alguno de nosotros encontraba algo que le interesara de verdad. Pero nunca pensé que fuese Barbarita.

—¿Y yo?, ¿no te intereso de verdad?

Me miró pensativamente, con el vaso a la altura de los ojos.

—Soy yo la que no te intereso de verdad. Te gustaban las cosas tal como estaban. Ahora te va a dar miedo.

—¿Es que te propones asustarme?

Me sonrió.

—Me parece que ya estás asustado.

—Me impresiona que estés tan afectada por lo de Chicho. Eso hiere mi amor propio.

—No he sido capaz de romper con él porque me gustaba teneros a los dos.

Bebí lo que quedaba en mi vaso y pedí otro.

—Podemos vivir juntos —dije.

Negó con la cabeza.

—Me gustan los hombres como tú, pero son esa clase de hombres con los que nunca me iría a vivir, ni con quienes podría casarme. Demasiada libertad, demasiados matices, demasiados intereses. Me vendría mejor alguien más simple.

—¿Más decidido?

Sonrió, me acarició el dorso de la mano en un gesto fugaz.

—No deberías de conocerte tan bien.

—Es perder el tiempo.

—Es perder algo, no sé qué.

Me besó en los labios, como si a través de ese beso pudiera recuperar ese algo indeterminado y profundo. Pero luego me volvió a mirar, como si no acabase de ver claro.

El camarero nos preguntó si nos servía otra copa, pero ya era muy tarde. Vagamente me pregunté si habría escuchado nuestra conversación.

Eran las dos de la madrugada, pero mi madre seguía en el cuarto de estar. Tenía un libro ante los ojos. El concierto número dos para piano de Rachmaninof, que Federico nos había hecho escuchar cientos de veces, llenaba el aire. Entré y alzó los ojos.

—Estoy a punto de terminarlo —dijo, refiriéndose al libro—. Todavía no tengo claro quién puede ser el asesino.

Le dije lo que me había dicho Leonor, que Bárbara se casaba.

—Me alegro por Chichita, con lo que le gustan las bodas. ¿Quién es él?

—Un compañero mío de colegio, tal vez lo recuerdes, Chicho Montano. Su padre tenía una tienda justo enfrente de la casa de los abuelos.

Mi madre negó con la cabeza. Era la única que se había mantenido al margen de las idas y venidas de Chicho.

—Me suena un poco el nombre.

—Alguna vez hemos hablado de él.

Le conté los encuentros que había tenido con él. Al fin y al cabo, pertenecían en parte al género policíaco.

—Un personaje —concluyó.

—Y con un final feliz.

Mi madre sonrió. Miró el libro que, con absoluta falta de respeto, había dejado abierto y boca abajo sobre la mesa camilla.

—Los finales nunca son felices. Quedan cerradas demasiadas cosas. Cuando llego al final de una novela, me gusta dejarla un poco. Y el último párrafo es siempre malo. No hay buen final.

¿Me estaba hablando de novelas?

—¿Alguna vez te has arrepentido de no haberte casado con Baquedano? —le pregunté, porque tal vez ése era el final del que me estaba hablando.

Me miró, un poco sorprendida. Después, pareció pensar durante unos instantes.

—No —dijo—, ¿por qué me lo preguntas?, ¿te doy la impresión de una mujer muy frustrada?

—Ninguna mujer me parece muy frustrada.

Se rió.

—¿No crees en la opresión de la mujer y todo eso? Me pregunto qué piensan todas las chicas que te llaman.

—Yo no te he visto nunca muy oprimida, eso es lo que pasa. Me da la impresión de que siempre has hecho lo que has querido.

—Puesto que tú lo dices. —Se volvió a reír—. Pero, ¿qué es lo que te hace pensar que he escogido precisamente esta vida, que me gusta lo que tengo y lo que hago y que no deseo nada más?, ¿estás seguro de eso?

—Tuviste la oportunidad de cambiarlo y no lo hiciste.

—¿Crees que las cosas son así de fáciles? A lo mejor soy simplemente una mujer que se ha resignado. ¿Te parece una idea muy vulgar?

—Si quieres verlo así —le dije—, pero no me lo creo. No pareces resignada.

—Si no me he resignado es porque todavía espero algo y si espero algo y sigo sentada leyendo novelas y escuchando música es porque estoy oprimida. No por un hombre, Dios sabe si por la sociedad, pero oprimida. Oprimida o resignada, escoge.

—No podemos escoger, ¿no?

—No.

Fumamos un último cigarrillo antes de despedirnos. Era muy tarde.

—Acuérdate de felicitar mañana a Chichita —le dije, desde la puerta—. Dile que conoces a Chicho. Le gustará.

—Le gustará cualquier cosa —musitó—. No podía soportar la idea de que Bárbara se quedara soltera.

—Le gustará Chicho —seguí—. Bien educado y de buena presencia, exactamente lo que Chichita quiere. El dinero lo ponen ellos.

A los tíos Chicho les gustó todo lo que yo había imaginado y más, pero le cambiaron el nombre. Pasó a ser Francisco Javier. Sólo Bárbara le susurraba el diminutivo cuando se colgaba de su brazo o le pasaba la mano por la cabeza, el hombro, la mano, en una de esas caricias que le prodigaba sin ningún pudor. No tardaron en casarse. A los dos meses de

159

mi conversación con Leonor, Chicho y Bárbara eran la pareja perfecta. Tenían un magnífico piso al final del Paseo de La Habana (los pisos no eran ningún problema para ellos), se habían hecho los socios mayoritarios del restaurante y, lo que era mejor, Chicho se preparaba para su relanzamiento en el mundo de la moda.

Por supuesto, nos veíamos. Pero entre él y yo había demasiadas cosas oscuras. Lo que Leonor me había dicho de él arrojaba una nueva luz, de todos modos, no muy potente, sobre su personalidad. Por un lado, seguía siendo para mí el hombre embaucador y desaprensivo del último encuentro. Por otro, el filósofo que trata de sobrevivir en un mundo que no está hecho a su medida. Ahora sabía algo más, algo vago: una difícil, compleja relación con las mujeres. Pero en ese punto yo no me sentía en condiciones de juzgar. Me preguntaba en qué oscuras actividades andaría metido. El episodio del piso de Puerta Cerrada, con aquel vaporoso personaje, Jeremías Bosh, que había seguido nuestros pasos, la paliza que alguien le había dado a Chicho y, finalmente, la policía en mi casa preguntando por él y hasta sospechando de mí, no parecían materia de inocencia. Por Leonor no podía saber nada. Se lo había preguntado en una ocasión y ella se había encogido de hombros. Le había ayudado en el juego de la pirámide y me dio algunos nombres de las personas que habían participado. No era nada malo o, mejor dicho, no era extraordinariamente malo. Todos debían suponer que había un ganador. Todos los juegos eran así. Pero del juego de los pisos se había mantenido al margen. El mismo Chicho se lo había aconsejado.

Si quería ayudarle, era mejor que no se metiera en eso. Todo lo que Leonor sabía era algunos nombres de personas respetables que tenían relación con el juego, si es que era juego. ¿Tráfico de drogas?, ¿de divisas?, ¿puro engaño?, ¿qué demonios era?

Una vez que se había casado con mi prima, me hubiera gustado saber con más exactitud a qué se dedicaba Chicho, porque lo tenía muy cerca y la curiosidad se había incrementado. Pero fue cuando la posible investigación se hizo más difícil porque cortó toda relación con Leonor. Ahora era Leonor quien de vez en cuando me preguntaba por él. Y tampoco hablábamos mucho de Chicho. Llevábamos una mala temporada, ni hablábamos de Chicho ni de muchas otras cosas.

Hasta la casa de los abuelos llegaban los ecos de la curiosidad que Chicho inspiraba. Los abuelos le conocían, porque conocían a sus padres de las misas en la Concepción.

—Un poco alegre, su padre —dijo mi abuelo, benévolo—. Su madre, una mujer muy fea, pero simpática. Del chico no me acuerdo bien. —Se quedó pensativo.

La abuela recordaba anécdotas del abuelo de Chicho cuando había llegado a Madrid procedente de Turín (¡de Turín!). Cómo vestía, qué galante era con las mujeres. El fue quien puso la tienda. Se decía que las señoras iban todos los días a la tienda a comprar lo que fuera sólo por verle, para que les sonriera y les preguntara con su acento cantarín: «¿Qué hacemos esta buena mañana, con este sol?» Siempre mencionaba al sol en sus innovadoras, muchas veces incorrectas, construcciones gramaticales. La abuela describía al abuelo de Chicho con delectación. Era sus propios recuerdos juveniles.

Pero, de hecho, yo hablaba muy poco con Chicho. No frecuentaba su casa, ni la de sus suegros. No era que tratásemos de evitarnos. Las pocas veces que nos veíamos, él se comportaba como de costumbre, amable, sonriente y educado. Pero estaba pendiente de su nueva familia. Eso le absorbía por completo. Parecía sentirse a gusto allí, donde las mujeres le trataban como si fuese alguien recién caído del cielo y los hombres no habían tardado en aceptarlo. Los posibles recelos del tío Enrique se vencieron por el incuestionable trato afectuoso que Chicho dedicaba a Hércules. Era como si hubiera comprendido que ésa fuese la clave para limar cualquier posible aspereza con su suegro.

El timbre del teléfono irrumpió en mis sueños. Miré el reloj: eran las tres de la madrugada. (El teléfono estaba en el pasillo, justo delante de la puerta de mi cuarto, por lo que Federico y yo siempre nos habíamos metido en mi cuarto cuando no queríamos que nadie escuchara nuestra conversación. El inconveniente era que yo tenía que soportar las conversaciones de mi madre con sus amigas hasta que se tomó la decisión de poner otro teléfono en el cuarto de estar.)

Me levanté medio dormido y lo descolgué rápidamente, porque si hay algo que me estremece es el timbre del teléfono en medio de la noche.

—¿Javier? —escuché—. Soy Chicho Montano. Mira, no tengo la llave de mi casa y no quiero despertar a Bárbara. Se llevaría un susto de muerte. ¿Puedes echarme una mano?

—Estaba dormido.

—Lo imagino. Yo estoy enfrente de tu casa, en un bar. Se llama «El Mar de la Plata». Te esperaré un rato. Siento haberte despertado, pero ¿no podríamos vernos?

Le dije que ya podía esperar toda la noche. Yo tenía que dormir, como cualquier persona sensata a esas horas. Se lo dije indignado. El susto de muerte no se lo había dado a Bárbara, me lo había dado a mí. Era Bárbara quien se había casado con él, qué demonios.

Había dicho que no bajaría, pero bajé, porque ya estaba desvelado, porque quería seguir insultándole y porque tenía una remota curiosidad.

Allí estaba, en la barra de aquel bar desolado (un bar de citas dudosas durante el día y de desolación aun más dudosa por la noche). Cuando me vio, se incorporó y vino hacia mí con su vaso de gin-tonic en la mano. Parecía borracho.

—No estoy borracho —me dijo, en ese mismo instante— ni he tomado nada de nada, pero ven, vamos a sentarnos. Pide una copa para ti. Y que ya traigan otra para mí. Tengo una sed espantosa esta noche. —Llamó al camarero y pidió las copas. Entretanto, nos habíamos sentado en un apartado, ante una mesa baja—. Te agradezco que hayas venido. No he podido dejar de llamarte. Desde aquí se ve tu casa. —Señaló hacia la calle con el vaso, como si la vista de mi casa fuese algo excepcional—. ¿A que es impresionante que no nos hayamos hablado desde que somos parientes? Eso pensé cuando vi tu casa. A mí no me importó saber lo de Leonor. Está enamorada de ti. Yo ya sabía que tenía un lío con alguien, y me alegré de saber que eras tú quien...

—¿Tienes idea de la hora que es? —le interrumpí.

Se sorprendió cuando la supo. Me pregunté cuánto tiempo llevaría allí y si sería cierto lo de las llaves.

—Me dijiste que habías perdido las llaves de tu casa.

—Eso te dije, sí —admitió—. Era para que bajaras. Tenía que decirte algo, ¿no? En serio que no sabía que era tan tarde. No te habría llamado. Creí que serían las doce, lo más la una.

—Estás loco —le dije, desesperando de hacerle comprender que no se podía ir por el mundo llamando a la gente fuera la hora que fuese sólo porque uno se encontrara frente a sus casas.

—No sé si estoy loco —me miró seriamente—, pero estoy muy emocionado. Voy a ser padre —declaró. Inmediatamente, se echó a reír, como si tal posibilidad no le cupiera en la cabeza.

—Enhorabuena —se me ocurrió.

—No tenía a quién decírselo, ¿comprendes? Por eso te he llamado. Ahora lo entiendes, ¿no? Veo tu casa y me doy cuenta de que tú eres la única persona a quien se lo puedo decir, a quien me importa un poco decírselo. Tú me conoces desde pequeño, cuando era un crío, ¿quién te iba a decir que yo iba a tener un hijo?, ¿quién? —volvió a preguntarme, atónito.

Tenía algo de razón, con todo. La vida era así, la humanidad era así, pero tenía razón. Nunca se me había ocurrido pensar, mirando a aquel Chicho Montano del colegio, que fuera a tener un hijo, ni mucho menos que yo fuese la primera persona a quien se lo quisiera decir.

—Son cosas que pasan —dije—. Es ley de vida.

—Ley —repitió, extrañado—. Eso es. Ley.

Ahora que mencionábamos la ley, se me pasó por la cabeza someterle a un interrogatorio.

—Tú y tu hermano Federico —dijo Chicho, como recordando—. ¿Sigue en USA, no? ¿Qué diablos está estudiando?

Lo cierto era que, a pesar de haber abominado toda su vida contra los intelectuales, Federico seguía estudiando. Respondí como pude a la pregunta de Chicho.

—Es un tipo listo, de todos modos. No sé qué, pero llegará a hacer algo importante. —Lo decía con admiración.

—Siempre hace cosas importantes —dije.

Por un momento, Chicho me miró desconcertado. Luego, achicó los ojos.

—Claro —asintió.

—¿Tú crees que todo está escrito? —preguntó después de una pausa—, ¿que el destino de las personas está determinado de antemano? Me gusta pensarlo, es tranquilizador.

—Algo está escrito y algo acaba por estar escrito. Da un poco igual.

—Sí, seguramente —admitió—. ¿Desconfías de las grandes ideas, no es eso?

Nunca pensé que Chicho Montano pudiera llegar a hacerme una pregunta así.

—Todo lo contrario —le dije, con el objeto de

despistarle y porque eso sí daba igual aclararlo o no—. Desconfío de las pequeñas.

—¿Y cómo las distingues? —me preguntó, súbitamente interesado, como si le fuera mucho en ello.

—No las distingo. Muchas veces no las distingo.

Hizo un gesto de rechazo con la mano, como quien sacude a una mosca.

—No lo creo —gritó—. Tú eres de los que las distinguen. Lo contrario de lo que me sucede a mí ¿Crees que no me doy cuenta? A mí se me mezclan las cosas aquí dentro —señaló con el delgado dedo índice su cabeza—, y no sé cuáles merecen la pena y cuáles no. Tengo olfato para los negocios, pero eso es otra cosa —me miraba, muy volcado en lo que decía—, pero nunca sé dónde está lo importante, lo verdadero. Me pasa una cosa con las cosas que hago —se repitió—. Las hago por las personas que me importan, sólo que ya no me importa de verdad nadie. Te parecerá una contradicción, pero es así. Sólo hemos admirado a alguien verdaderamente —ésas eran ahora sus palabras preferidas, las que tenían que ver con la verdad— en la infancia. Pero esas personas son las que nos han hecho sufrir. Porque no nos hacían caso, por eso mismo. Nos hemos estado dando golpes contra un muro, sin que ellas nos hicieran caso. Sin que nos miraran. ¿Sabes por qué uno siempre está intentando cosas nuevas? Por eso, para atraer su atención. Hasta que de pronto descubres que ya no las necesitas, que al hacer todo lo que haces lo pasas bien. Lo descubres tarde, pero lo descubres. Sin embargo, queda la nostalgia y por eso bebe uno y se desespera uno. De vez en cuando sufrimos una conmoción. No somos tan sólidos. El edificio se tambalea. Repentinamente, algo nos recuerda a algo, algo nos lleva a la verdad —de nuevo—. La vida nos empuja y nos agita y sólo podemos desdoblarnos: observarla mientras estamos en el centro de ella, porque todo transcurre al mismo tiempo —concluyó tristemente.

Me pregunté si todo eso que decía, a fin de cuentas tan razonable como su genuina felicidad por la paternidad que se avecinaba, no sería producto de un profundo desasosiego emocional. Pero Chicho estaba ya muy borracho, se había terminado su segundo vaso (al menos, segundo desde que yo estaba allí) y se disponía a pedir el tercero.

—Te acompañaré a casa —le dije, porque comprendí que no podía ni ponerse en pie.

Lo saqué a la calle un poco a rastras, busqué entre el manojo de sus llaves la de su coche, buscamos el coche y lo metí en el asiento de la izquierda. Conduje hasta su casa. La operación de sacarlo del coche fue más difícil. No quería salir. Quería que nos fuésemos de viaje él y yo, fuera del mundo, fuera de toda complicación.

En el portal, probé las llaves hasta dar con la correcta. Con Chicho colgado de mis hombros, subimos en el ascensor, que hizo un ruido infernal. Probé de nuevo las llaves en la puerta de la casa, la de servicio para no armar tanto jaleo. Tuve fortuna.

—Vamos a mi estudio —susurró Chicho.

Recorrimos el pasillo y entramos en la biblioteca. Acomodé a Chicho en un gran sofá de cuero color avellana. Abrí la ventana. Corría un viento fresco, de primavera. La noche era muy estrellada. Sólo mientras miraba las estrellas y me decía que yo tam-

167

bién estaba un poco borracho, me acordé de mis tíos, los hermanos de mi padre. Noche tras noche, ellos habían subido las escaleras de su casa sin que sus padres se dieran cuenta. Esa historia siempre me había atraído. ¿Por qué bebían? ¿Qué combatían? ¿O es que acaso la verdad de sí mismos sólo podía salir entonces, cuando bebían, y les resultaba tan reconfortante, tan consolador, después de haberla tenido sepultada, que tenían que seguir bebiendo? Lo que había alrededor de mis tíos: las enfermedades, los amores no consumados, las frustraciones, las muertes, el aura de misterio que había atraído mi atención y mis fantasías, acaso era también un misterio para ellos, como la vida lo era para Chicho tendido ahora en el sofá de la biblioteca de su casa pero impelido a intentar nuevas empresas cada día, de la clase que fueran, con tal de sentir que hacía cosas. ¿De qué verdad (palabra que tanto utilizaba) huía o a qué verdad se aproximaba Chicho?

Cerré la ventana, apagué la luz y me marché de la casa silenciosamente.

No había pasado ni un mes cuando sucedió. Me llamó Hércules para decírmelo: Chicho había sido detenido, acusado de estafa. El y yo hablamos con el tío Enrique, que nos escuchó silenciosamente, como si la noticia no le sorprendiera del todo. Luego, apoyó su mano en el hombro de Hércules y me miró.

—Va a ser padre —dijo—. El padre de mi nieto.

El tío Enrique suspiró. Se pasó la mano por los ojos. Después, sin hacer ningún otro comentario, cogió el teléfono. Consiguió un buen abogado para Chicho. Consiguió que saliera en la prensa sólo con las iniciales. Al fin, Chicho quedó libre de la acusación.

Cuando Bárbara dio a luz un varón que gritaba, lloraba y se movía como cualquier recién nacido pero que todos hallaron excepcional, acompañé a mi madre a la clínica.

Allí estaba Chicho, junto a la cuna. Impecablemente vestido, perfectamente feliz. Ni una arruga en su felicidad. Nos sonrió mientras estrechaba nuestras manos. Sus ojos brillaban más que nunca. La blancura de sus dientes era inmaculada. Recibió, orgulloso, nuestras enhorabuenas.

TODOS MIENTEN

Al fin, fui yo quien caí. Después de una temporada de persistentes y constantes mareos, visité al médico. Se trataba de una hepatitis, no la peor, pero lo suficientemente mala como para que tuviera que curarla guardando absoluto reposo. Los días transcurrían monótonos e iguales, entre los cuidados, a distancia, de mi madre, las visitas, escasas, del médico, llamadas telefónicas y muchos libros a mi alrededor. Pasaba mucho tiempo con los ojos cerrados, pensando, creyendo que pensaba, dándole vueltas a mi vida en ese momento obviamente estancada, con el único consuelo de saber que nada podía hacer, que ese período de inactividad me había sido impuesto, preescrito. Mi madre, transgrediendo la orden, atravesaba el umbral de la puerta y me miraba desde los pies de la cama. Me alargaba el periódico y me comunicaba las pequeñas novedades del día. Desde la cocina nos llegaba el ruido que producía la asistenta, en aquella época siempre fregando platos y cubiertos. Todo lo que me rodeaba estaba limpio, inmaculado. Las sábanas olían a colonia y el perfume de mi madre se disolvía en un aire saturado de fresco olor a lavanda.

—Te estoy dando mucho trabajo —decía yo, disculpándome.

Negaba con la cabeza.

—No tengo tantas cosas que hacer.

Había prohibido las visitas. Seguía muy bien las instrucciones.

—Aquí no entra nadie —decía, tajante, protegiéndome por encima de todo, como si hubiera olvidado que la prohibición había sido concebida para proteger a los demás.

Era una forma de cuidarme mejor.

La abuela me llamaba diariamente. Ella tampoco se podía mover. No quería dejar sola al abuelo ni un minuto, a pesar de que la tía Mercedes se había instalado en su casa para cuidarles. Seguía quejándose, como siempre, del desorden del tío José María y esa queja era un signo de su vitalidad, nunca vencida.

Federico nos escribía largas cartas. Era premeditadamente ameno y anecdótico y conseguía hacerme reír hasta las lágrimas. Con todo, sus cartas dejaban en mi ánimo un poso melancólico. Una vez más, lo envidiaba, no sólo por el hecho de ser capaz de dar a su vida ese tinte frívolo, intrascendente, sino, sobre todo, porque sabía exponerlo, comunicarlo. Irradiaba vigor y seguridad y, al cabo, se le presentía a él, colmado de conflictos y dispuesto a decirlo una y otra vez, como si valiera la pena ser así sólo para poderlo contar.

Mi vocación de escritor se sentía herida con aquellas cartas.

Poco a poco, fui venciendo a la enfermedad. Fue el médico y mi cuerpo quienes lo hicieron. Yo me limité a esperar, a observar, hasta que sentí que nuevas fuerzas me invadían, sin consultarme, sorprendiéndome. Y mi madre bajó la guardia. Estaba empezando a cansarse. Aprovechó el nuevo dictamen del médico (ya había pasado todo peligro de contagio) para descuidar el orden riguroso que reglamentaba nuestras vidas. Las visitas fueron permitidas, las mías y las suyas. La vida volvía.

Desde mi cuarto, del que ya podía salir y entrar, pero en el cual todavía permanecía muchas horas, se oía la conversación de mi madre con Mabel, con Genoveva, con Matilde.

—De la hepatitis ya ha salido —oí murmurar—. Lo que tiene que hacer, ahora, es superar la depresión.

Lo decían en voz baja para que aquel nombre —depresión— no llegara a mis oídos y sonara amortiguado en los suyos. Querían quitarle importancia. Ellas habían combatido sus enfermedades nerviosas con sentido común: proporcionándose compañía, y alguna copa de vez en cuando.

Se asomaban a mi habitación y me pedían permiso para entrar: se quedaban unos minutos frente a mi cabecera e intercambiábamos frases banales.

Genoveva, callada, me miraba absorta y melancólica.

Volví a fijarme en su mirada, llena de fracasos y esperanzas, de conquistas inútiles. Volví a recordar la mía, porque yo había sido una de sus conquistas inútiles. Aquellos remotos días de verano pasados en Zarauz estaban al fondo de su silenciosa sonrisa. Con

173

su pelo teñido y sus hermosas manos cubiertas de manchas, Genoveva me dedicaba ahora una mirada soñadora. Nunca habíamos hablado de ello, pero en ese momento descubrí la existencia de un acuerdo tácito entre nosotros: los dos pronunciábamos nuestros nombres con un fondo de temblor. Nada me había gustado nunca tanto como escuchar mi nombre de sus labios. Ella, que debía haber percibido una vez toda mi devoción, había conservado la fórmula, la modulación de la voz y la expresión en su cara. Lo había guardado para mí. Era estupendo verla allí, al borde de mi cama, tímida y divertida, sin salir nunca del juego del amor, el único que sabía jugar. Todavía parecía joven, todavía era más guapa que muchas jóvenes, todavía tenía la ventaja de su sonrisa. Cumplido el ritual, desaparecía por el pasillo y la oía reír en el cuarto de mi madre, confundidas sus risas con las de Mabel. Mi lenta convalecencia les había vuelto a reunir. Revivían los días del pasado, volvían a sentirse dueñas de la casa. Recordaban otras enfermedades, mías y de Federico, y lo mucho que nos habían cuidado y las muchas preocupaciones que les habíamos causado. Mentían. Yo no recordaba esas enfermedades y mucho menos sus cuidados.

Me miré en el espejo que descansaba sobre mi mesilla y contemplé mi color amarillo. Era lo último que se iba, si no se mencionaba la depresión.

Levantada la veda de las visitas, yo también recibía las mías. Las llamadas telefónicas de mi socio y mi secretaria dieron paso a su presencia. Me felicitaron por mi aspecto (a pesar del color amarillo) y llenaron mi cuarto de papeles. Por teléfono, los había mantenido a distancia y ahora no podía evitar su invasión. Ese era el mundo que me esperaba.

Una tarde, Leonor anunció su visita. Se había casado y se había separado, pero todavía le gustaba hablar conmigo. Depositó un par de libros sobre la mesilla. Trataban de religiones orientales.

—Te ayudarán —me dijo—. A mí me gustaría poderlos leer —me dijo—, pero no tengo tiempo. Cuando llego a casa estoy tan cansada que no puedo concentrarme. En cierto modo, me das envidia. Ahora tienes todo el tiempo del mundo.

Leonor trabajaba de nuevo en una boutique, explotando sus dotes de vendedora, pero, como de costumbre, lo hacía de mal humor (no lo expresaba dentro de la tienda, sino fuera), porque no le parecía un oficio excesivamente digno.

Hojeé los libros cuando se fue. Tal vez yo también pensaba, como ella, que un poco de lo que en ellos se resumía me hubiera venido bien a mí, pero mi mente estaba cerrada. Federico, en su momento, había coleccionado libros como aquéllos. Estaban en los anaqueles de su biblioteca. Quizás los mismos títulos. Los había llevado de un lado a otro de la casa, abiertos, con un lápiz o un papel entre sus páginas, y si se cruzaba con nosotros nos lanzaba pequeños discursos sobre la paz interior y el nirvana.

Esa paz parecía demasiado lejana. Sin embargo, la visita de Leonor me animó. Si una chica tan atractiva como ella confiaba en mí, algo podía suceder, algo podía cambiar. Mi madre sonrió al decirme:

—Te sientan bien las visitas femeninas, quiero decir, de las jóvenes.

Nunca había sido celosa. Casi se diría que disfrutaba dándome recados de mis amigas. El que un hombre gustara a las mujeres significaba mucho en su código moral (en realidad se convertía en eso, en una categoría moral), y se sentía orgullosa de que Federico y yo no sólo hubiéramos pasado con holgura el juicio de sus amigas sino de que contáramos ahora con nuestros propios y convencidos jueces. Pero no había querido traspasar ese límite y nunca me había preguntado sobre la marcha de mis relaciones con las mujeres ni por qué, llegado a un punto, se quebraban.

De todas las mujeres que en aquel momento y a excepción de Leonor hubieran podido visitarme vino, repentinamente, la que más me podía sorprender, la que menos me esperaba: mi prima Bárbara.

Era una mañana de sol (oportunamente, mi recuperación había coincidido con la llegada de la primavera) y yo disfrutaba del aire fresco que entraba por la ventana abierta. Mi madre se había ido a dar su paseo diario. Fue la asistenta quien la anunció:

—Está aquí su prima Bárbara.

Inmediatamente, sin que me diera tiempo a incorporarme, surgió en el marco de la puerta. Se rió de mi color amarillo, me besó en las dos mejillas, me cogió las manos, las abandonó y, todavía riéndose, se sentó en la butaca frente a mi cama. Busqué en la memoria: no la había visto desde hacía mucho tiempo, no podía determinar cuánto.

—No te había visto desde que estuviste en casa,

cuando el bautizo, ¿te acuerdas? —dijo—. Hace casi un año —aclaró.

—Tanto —murmuré.

—Claro —se rió una vez más—. Si ya Guillermo es un chico mayor. Era ya mayor cuando lo bautizamos. Llamaba la atención. Un niño enorme de cuatro meses. Ahora ya anda. Hubiera venido a verte antes, pero no lo hice por él. Yo no me hubiera contagiado, lo sé, no me contagio nunca, pero con el niño hay que tener más cuidado. Pero estaba deseando verte.

Era magnífico tener delante de mí a aquella espléndida mujer diciéndome esas cosas. Era mi prima (a fin de cuentas, lo era), más o menos desconocida para mí (nunca habíamos hablado mucho), pero se diría que habíamos sido grandes amigos, grandes confidentes.

—Te has debido de aburrir mucho —dijo, mirándome fijamente con sus enormes ojos oscuros rodeados de largas pestañas, consciente de que su mirada podía turbar: desde pequeña había escuchado miles de elogios sobre sus ojos—. Comprendo perfectamente tu estado de ánimo —siguió, al cabo de la calle de todos mis problemas—. Yo no soporto estar enferma. No aguanto pasarme todo el día en la cama. Además, soy una enferma malísima, de esas que se pasan el tiempo quejándose y pidiendo cosas. Como mamá. —Se rió—. Afortunadamente, nunca estamos enfermas ninguna de las dos. Bastante molestamos estando sanas.

—No creo que molestes a nadie —le dije, por cortesía y porque no la imaginaba molestando. Bárbara era mucho más discreta que Chichita. No necesitaba llevar la voz cantante todo el tiempo ni imponer su criterio y su conversación.

—No sé —suspiró, bajando la mirada—. De eso quisiera hablarte, en realidad. Ya sé que no tenemos mucha confianza, pero eres mi primo y conoces a Chicho mejor que nadie. A Federico también le conoces bien, eso me consta. El siempre dice que tienes una habilidad especial para captar a las personas. Te admira mucho y —sonrió— yo le admiro mucho a él. Quiero decir: es listísimo y si dice que tú lo eres, pues debes de serlo.

—No te fíes —le dije—. Le gusta hablar bien de la gente.

Negó con la cabeza.

—De todos modos —prosiguió—, no tengo a quién acudir. Estoy pasando por un momento fatal. Estoy perdiendo a Chicho, me temo, y no sé por qué. Eso es lo peor: no encuentro la razón. Las cosas son como antes, incluso mejor. Está Guillermo y ya sabes lo que le gusta a Chicho ser padre. Pero apenas lo mira ya. Se cansa de él en seguida. A veces me digo que a lo mejor es la edad, un niño de un año no es la criatura fácil que es un bebé de meses, yo misma estoy más cansada, pero sé que no es eso. Se ha cansado de todos y no se molesta en disimularlo. Viene a casa muy tarde y se queda dormido en el sillón. O se queda con la mirada perdida, que es peor. ¿Estás preocupado por algo?, le pregunto yo. Me mira extrañado, como enfadado, nada amable. Dice que en absoluto, que todo va bien, y lo dice de un modo que me hace sentirme estúpida, como si yo estuviera pendiente de él y eso no fuera bueno para ninguno de los dos. No sé si me estaré obsesionando, pero creo que ya no me quiere. Nunca he sido de esas mujeres absorbentes que se creen el centro del mundo, pero necesito que me hagan un poco de caso, que se interesen por mí. No tengo a quién decírselo. —Me miró con expresión desolada—. Siento venir a darte la lata, pero a alguien se lo tengo que contar. Tú conoces a Chicho —volvió a decir.

—Puede que esté pasando una mala temporada. Todas las personas pueden pasarla. En la vida hay altos y bajos, no actuamos siempre igual —le dije, sin que se me ocurrira mucho más.

Asintió.

—Lo sé. —Pero de repente su voz se quebró y vi que rodaban lágrimas por sus mejillas—. Esto es peor —murmuró—. Esto es serio.

Me incliné hacia ella y le cogí una mano.

—¿Por qué dices eso? No tienes ninguna base para pensarlo. Estás desanimada, eso es lo que pasa. Es natural, a veces se desanima uno, no hay que darle mucha importancia.

Quería hablar a través de los sollozos.

—Me he pasado la vida batallando —decía con su entrecortada y deformada voz—. Contra mamá y sus histerias, contra papá y su complejo de culpa. ¿Te has fijado cómo la trata? Siempre con miedo, como si le hubiera hecho algo horrible y tuviera que pedirle perdón durante toda la vida. —¿Era ese análisis influencia de Federico?— Quería un hombre que me sacara de todo eso, un hombre que me hiciera feliz, ¿es que no se puede pedir eso?, ¿es que no existe? Te aseguro que no me conoce, no sabe cómo soy.

—Hablaba ahora de Chicho—. Ni siquiera sé por qué se casó conmigo. A veces dice medio en broma que porque yo me empeñé. Y es verdad. Cuando le conocí pensé que lo conseguiría. No sé qué vi en él, te lo aseguro, ya no lo sé, —Seguía llorando—. No sé si soy yo la que me he cansado, eso es lo que pasa.

Me miró, repentinamente dichosa, como si ese pensamiento le aliviara.

—Es raro, ¿no?

No sé como sucedió, pero sentí el rostro de Bárbara junto al mío y llegó a mi garganta el sabor salado de sus lágrimas. Fue un beso largo, apasionado. Oímos el ruido de una puerta. Bárbara se puso de pie. Sonreía. Sacó un pañuelo de su bolsillo y se secó la cara.

—Voy a lavarme un poco —dijo—. No sé qué va a pensar tu madre.

Oí los pasos de mi madre por la casa, pero no entró en el cuarto. Al cabo de unos minutos, Bárbara volvió con la cara limpia, todavía enrojecida, y el pelo ligeramente mojado. Se sentó de nuevo en la butaca, pero apoyó uno de sus brazos en mi cama. Parecía una mujer feliz. Cuando entró mi madre en el cuarto, nos miró a los dos. Dejó una mano sobre el hombro de Bárbara. Hablaron de Guillermo, de Chicho, del tío Enrique y de Chichita. Al fin, Bárbara hizo ademán de marcharse. La esperaban para comer. Mi madre se detuvo en la puerta de mi cuarto mientras Bárbara se acercaba a la cabecera de mi cama y se inclinaba para dejar un beso sobre mis labios. Sé que mi madre no lo vio porque miraba hacia el pasillo. Cuando, algo más tarde, me trajo la bandeja con la comida, su ceño estaba ligeramente fruncido. Pero no hizo ningún comentario.

Pensé mucho en Bárbara. Cuanto había sucedido pertenecía a la etérea nube de los deseos, los anhelos, los sueños, las insatisfacciones. Su desilusión, su alejamento de Chicho, se había resuelto, momentáneamente, en aquel beso. Yo no era capaz de dictaminar si era Chicho quien se estaba cansando de su reglamentada vida de hombre casado o era ella quien, tras haber perseguido tenazmente al hombre de su vida descubría, repentinamente, que no hay nada que llene la vida. Porque estaba tan desesperada como dispuesta a no dejar pasar un momento de dicha.

Las lágrimas de Bárbara señalaban el inicio de su aprendizaje en la desilusión y la venganza. Yo le había servido (y no me importaba) porque, frente a mí, había vislumbrado que su dolor no era tan intenso ni su desgracia tan profunda: simplemente, su vida no era lo que había esperado e incluso empezaba a saber que nunca había sabido bien lo que había esperado. Se había casado a ciegas y ése era el resultado: la convivencia con aquel hombre que se le escapaba mientras ella también buscaba otros horizontes. ¿Y yo? Sorprendido y feliz, remotamente inquieto por aquella tendencia a dejarme atrapar, aunque fuera por unos instantes, en las redes de las mujeres que amaban a Chicho.

Con la debilidad que me daba mi convalecencia, saqué algunas conclusiones sobre la dificultad del entendimiento entre los seres humanos. Todos mienten, me dije, todos se esfuerzan, todos esconden algo, tal vez lo mismo: el miedo, la impotencia, la soledad, la muerte. En mayor o menor medida, todos han de convivir con eso. Yo también mentía: sonreía, aceptaba y besaba y no hablaba de mis frustraciones. A veces, me derrumbaba o vivía al borde del derrumbamiento. Todos lo hacían.

Aprovechando que los días se estaban haciendo más largos, salía a dar un paseo a última hora de la tarde. Muchas veces mis paseos acababan en la tienda donde trabajaba Leonor, la recogía y tomábamos algo. Una tarde, le propuse que me acompañara a visitar a los abuelos. No me sentía con fuerzas de ir solo. Mis emociones me traicionaban. Había pasado demasiado tiempo tumbado sobre la cama, pensando en cómo se había ido conformando mi vida y en todo lo que había ido dejándose atrás. Leonor aceptó.

La boutique donde trabajaba no quedaba lejos de Castelló y nos dirigimos andando. Se presentía el verano en el aire y en la actitud de la gente, ya dispuesta a desembarazarse de la ropa, a disfrutar de más tiempo de ocio y seguramente de frivolidad. Pasamos por delante de la antigua tienda del padre de Chicho y los dos nos detuvimos. Había sido remodelada sucesivas veces, pero todavía ocupaba aquel pequeño espacio que había dado cabida a tantas cosas, tantos objetos deseables, tanta historia. Chicho no había vuelto, como se proponía la última vez que había hablado con él, al mundo de la moda. Ahora se movía en negocios de grandes locales y discotecas. Aquella tienda había sido vendida en uno de sus momentos difíciles y ya se había perdido. La dejamos a nuestras espaldas y cruzamos la calle. Yo le iba hablando a Leonor de mis tíos, de su costumbre de equivocar nuestros nombres y de darnos caramelos, mientras pensaba en sus vidas deshechas, en la mirada vacía del tío Joaquín y la expresión desolada del tío José María.

Nos adentramos en el portal fresco y oscuro, abrí la puerta del ascensor y escuché el ruido de siempre, el sonido especial de ese ascensor, que escuchábamos mientras subíamos las escaleras para alcanzar el piso (el principal) de los abuelos. Raras veces habíamos utilizado ese ascensor, pero reconocí su ruido y me envolvió el remoto recuerdo de nuestro orgullo porque nuestros abuelos vivieran en una casa como aquélla, con el gran portal y el lujoso ascensor. Volví a cerrar la puerta, volví a escuchar el eco del sonido en el hueco de las escaleras. Había un silencio especial ahí, en el vestíbulo, y por unos instantes, me detuve frente a la puerta, sin llamar al timbre. Leonor me dedicó una breve sonrisa, como si quisiera infundirme ánimos.

Al fin, me decidí. Se escuchó el ruido de un mueble que se movía sobre la madera. Pensé: es la butaca de la abuela. El timbre le ha sobresaltado. Luego, se escucharon unos pasos suaves, como de zapatillas. Se fueron acercando poco a poco hasta la puerta. Durante unos segundos, silencio. Nos observaban por la mirilla. Y la puerta se abrió.

Era la tía Mercedes, con su indeterminada edad y su imperecedero signo victorioso en la frente.

—¡Al fin! —exclamó, como si me hubieran estado esperando durante mucho tiempo.

Miró a Leonor, esperó a que yo dijera quién era y le dio dos entusiasmados besos.

—Pasad —dijo, empujándonos levemente—. Los abuelos acaban de merendar. Ya veréis lo contentos que se van a poner.

Estaban en la sala de la abuela, rodeados de todos aquellos objetos que había ido acumulando aquí y allá y que eran para ella su más preciado tesoro. Sería la tía Mercedes quien los limpiaría ahora y no lo haría con el mismo cuidado con que lo había hecho ella, cuando aquella sala era un territorio prohibido para el resto de los habitantes de la casa.

El abuelo nos dedicó una mirada ausente, pero durante unos segundos, dejó su mano entre las mías y me daba pequeños golpecitos con sus largos y temblorosos dedos.

—Te ha reconocido —dijo la abuela—. Todavía reconoce.

La abuela nos sonreía, con su imbatible voluntad de estar por encima de las penalidades.

—Qué bien estás —me dijo—. Más delgado, pero muy guapo. Los jóvenes —dijo a Leonor— siempre estáis bien. Mercedes —dijo a su hija—, sírveles algo, una copa de algo, algún licor.

—Mamá, no seas anticuada —dijo la tía Mercedes, cruzándose los brazos sobre su hábito—. Los jovenes no toman licores, querrán whisky o ginebra con coca-cola.

—Pero también tenemos —dijo la abuela—. Tenemos de todo. Dales lo que quieran.

Leonor pidió un whisky y yo un vaso de agua. La tía Mercedes salió del cuarto.

—¿Y el tío? —pregunté.

—Vendrá dentro de un rato. Ya sabes que es su hora del café. —Miró a Leonor, con remota complicidad—. Una hora muy larga: dura desde las cuatro hasta la cena.

Me preguntó por mi madre, y centró su atención en Leonor. Le alegró saber que trabajaba.

—En mis tiempos, las mujeres estábamos todo el día en casa —suspiró—, ¿verdad, Mercedes? —preguntó a su hija que en aquel momento entraba por la puerta sosteniendo la bandeja con nuestras bebidas—. Todo ha cambiado y con algunas cosas estoy de acuerdo. Tenían que cambiar.

Leonor asentía. La tía Mercedes también.

Mientras la abuela le preguntaba a Leonor por pequeños detalles de su vida y la tía Mercedes iba y venía, llevándose un vaso, trayendo otro, acercándose al abuelo, inclinándose hacia él para susurrarle algo, me acerqué al balcón y miré a la calle, a la gente que pasaba, como lo había hecho tantas tardes de domingo de mi infancia. Todavía había claridad, pero ya las farolas habían sido encendidas. Cuando me volví, vi que Leonor ya había terminado su whisky. La tía Mercedes se disponía a rellenar su vaso.

—Es tarde —dije—. Nos tenemos que ir.

La abuela me tendió su mano.

—Tienes que cuidarte mucho —dijo—. Y cuidar a tu madre. Ha estado muy preocupada por ti. Hay muchas cosas en la vida por las que... —Me miró, sin terminar la frase.

—Lo sé —dije.

—Ya sé que lo sabes. —Sonrió a Leonor—. Es un chico muy listo. —Volvió a dirigirse hacia mí—. Lo que tienes que hacer es no olvidarlo.

—De acuerdo —dije, y la besé.

Me incliné sobre el abuelo, que había cerrado los ojos, besé su frente y acaricié sus manos.

—Se encuentra bien —dijo la abuela, como si me quisiera convencer—. Todo lo bien que puede encontrarse uno a su edad.

La tía Mercedes nos volvió a empujar levemente por el pasillo, esta vez hacia la puerta de salida. Nos abrazó con el rostro iluminado. Retuvo un momento mi cabeza entre sus manos.

—Estás muy bien —dijo, haciéndose eco de las últimas palabras de la abuela.

Sus ojos, oscuros y brillantes, exactos a como habían sido los ojos de mi abuelo, expresaban satisfacción.

—Muy bien —dijo luego a Leonor que, una vez más durante aquella tarde, asintió.

Bajamos las escaleras en silencio. Desde el zaguán, escuchamos el ruido de la puerta al cerrarse. Leonor cogió mi mano y salimos a la calle.

INDICE

COLECCION COMPACTOS